ベリーズ文庫

敏腕社長は雇われ妻を愛しすぎている
～契約結婚なのに心ごと奪われました～

黒乃 梓

STARTS
スターツ出版株式会社

目次

敏腕社長は雇われ妻を愛しすぎている
～契約結婚なのに心ごと奪われました～

特別書き下ろし番外編

敏腕社長は雇われ妻を愛しすぎている
～契約結婚なのに心ごと奪われました～

プロローグ

余計なことはしない。与えられた仕事を完璧にこなす。

深呼吸しながらこのふたつを胸の中で唱える。スマホの画面を見て、教えられた住所と目の前のマンションを改めて交互に見る。どうやら間違いないらしい。

一昨年建てられたばかりの高級マンションは交通の利便性を重視しつつ静寂と緑豊かな自然をコンセプトに富裕層向けに売りに出された。素人にはとても手が出せない価格だったが、あっという間に完売したらしい。

どこかの芸能人か社長か。住んでいるのは自分には縁のない人たちばかりだと、駅から出てここの前を通るたびに感じていた。ましてや足を踏み入れる機会などけっしてないと思っていたのに、人生はなにが起こるかわからない。

けれどこれは、あくまでも仕事だ。それに本人は不在だと聞いている。

怖気《おじけ》づいている場合ではない。さっきからちらちらとこちらを見てくるガードマンの目もある。これ以上二の足を踏んでいたら、不審者として声をかけられるかもしれないし、それはこのあとの仕事のためにも避けたい事態だ。

今日、依頼主の名前を聞いたとき、一瞬断ろうかとさえ思った。でもそれは私のプライドが許さなかった。

どんな相手でも、先方の望む通りにきっちりと仕事をこなす、こなしてみせる。

長く息を吐いて意を決する。先に相手から渡されていたカードキーを持ってマンションのエントランスに足を踏み入れた。

さぁ、私はしっかり自分の仕事をしよう。

第一章　代打ですが仕事は完璧にこなします

新年を迎え、初詣やお節料理など正月らしい正月を堪能《たんのう》したら、四日から通常モードになるのが社会人の悲しいところだ。学生時代は冬休みというものがあったが、さっさと気持ちを切り替えないとならない。

スーパーや雑誌の特集などはとくにわかりやすく、気づけば次のイベントのバレンタインデーに向けてせっせと宣伝をしている。こうやって時はあっという間に流れていくのだろう。

私、沢渡《さわたり》未希《みき》はどちらかといえば冷え性なのでこの時期は本当につらい。足先と指先がすぐに冷えてしまうので、カイロは必須だ。夜、なかなか眠れないこともしばしばある。これは子どもの頃からだ。

肩につくかつかないくらいで揺れる髪は、黒に近いダークブラウンに染め、お団子にしてすっきりまとめている。身長は百五十七センチと平均的で、ついでにスタイルも普通。細身だと言われるが、女性としての可愛らしさや艶っぽさはこの年になってもまったくない。大人になったらそういうものは自然と身につくと思っていたが、どうやら違うらしい。

丸顔で、目も大きい方だが、やや垂れているからかどうしてもおっとりした印象を抱かせてしまう。もっときびきびした大人の女性になりたいし、見られたいのに。

マンションのエントランスに入ると、中は暖色系のダウンライトに照らされ、ホテルのロビーさながらの広さがあった。あちこちに観葉植物や花が飾られ自然豊かな空間に仕上がっている。住人の姿は見えないが、気品あふれるコンシェルジュの姿からも、なんとなく自分が場違いだと感じる。

今の私は眼鏡をかけ、白いシャツと黒いズボンという組み合わせにコートを羽織っていた。どこからどう見ても地味な格好だ。コートはともかく、これが制服なのだからしょうがないし、不満もない。

『株式会社Schatzi《シャッツィ》』に契約社員として勤め、この三月でそろそろ丸二年になろうとしていた。新卒で内定をもらっていたので、本来は正社員として入社する予定だったが、大学卒業を目前に、お世話になっている伯母が大きな病気を患い手術を余儀なくされたことから、病院への付き添いなどのために内定を辞退することにしたのだ。母子家庭で仕事人間の母とは昔からあまりうまくいっていなかったが、その分伯母が私を気にかけていつも寄り添ってくれていた。私にとって伯母は母以上の存在で、伯母のための選択に迷いはなかった。

それからもうひとつ、内定辞退を決めたのには理由があった。伯母の仕事を代行するためだ。

伯母は家事代行業の会社を起《た》ち上げて、自身も優秀なハウスキーパーとして働いている。そのノウハウを受け継ぎ、大学時代に伯母の会社でアルバイトをしていたという経緯もこの決断を後押しした。

内定を辞退する際に事情を話すと、落ち着いたら契約社員としてでも働いたらどうかと言われ、会社の厚意に私は素直に頷いた。今は伯母もすっかり回復し、本調子ではないにしろ仕事にも復帰している。

おかげでこの四月から正社員にどうかと、上司に何度か持ちかけられるようになった。ありがたいし私もできればそうしようと思っていたが、いろいろとあって今は断ろうと思っている。

第三者が聞いたら馬鹿だと思うだろう。

シャッツィは今や世界に名を馳《は》せる玩具メーカーだ。三代目の若き社長、進藤隼人《しんどうはやと》氏の采配でドイツの伝統的な玩具を扱う企業と手を組み、製造過程や原材料などにとことんこだわって安心安全を追求した玩具を開発した。それが瞬く間に話題となり、モンテッソーリ教育やシュタイナー教育に適していると取り入れる幼稚園や保育園が後を絶たない。さらに海外の王室に出産祝いとして献上されたことで世界のメディアが取り上げ一躍注目の的となった。

国内のみならず海外でもシェアを拡大し、一流企業として成長を遂げている。社長が若く見た目もいいことも合わさり、話題は尽きず誰もが名前を知る会社となっていた。

けれど今から向かうのは、もうひとつの方の仕事だ。

コンシェルジュに案内された専用のエレベーターに乗り込み、カードキーをセットすると自動で目的階が定まった。どんどん増える数字を見ながら上り続けるエレベーターの中で先にコートを脱ぐ。ここはエントランスを含め全室空調設備が完備されているらしい。寒すぎず暑すぎず。

エレベーターを降りて指定された部屋の前に立ち、荷物を持ち直してから再びカードキーをかざそうとしたが、すぐにその必要はないと思い至った。

なぜならこのフロア全部が依頼主のもので、カードキーはこの階に停まるために用意されていたからだ。半信半疑でオリーブ色のドアに手をかけるとやはり鍵がかかっていない。開けると、電気がぱっと点《つ》いた。広い玄関に高級そうな革靴が二足。邪魔にならないよう履き慣れたスニーカーを脱いで長い廊下を突き進む。

モデルルームのようで、生活感がまるでない。自分が来た意味があるのだろうかと不安にさえなる。

しかし、依頼されたのは間違いない。気合いを入れるためにも持ってきた大きなトートバッグから赤色のエプロンを取り出し身につける。

いつも以上に緊張している自覚はあるが、依頼主は不在なのだからいつも通りに仕事をするだけだ。

よし。さっそく始めよう！

大学生のときに伯母の会社でアルバイトとしてこの仕事を始める際、お金をもらう以上は生半可な真似《まね》はできないとスタッフが受ける研修を一通りこなし、空いている時間に自主的にマナー講座や料理教室にも通った。

物心ついたときから父親はおらず、母は仕事で家を空けがちだったので、自然と家事は自分でするものという認識で育ってきた。おかげで料理をはじめとする家事は得意で、腕を上げるのも楽しく、なにより誰かの役に立っていると実感できるのが嬉しい。

とはいえ、あくまでもアルバイトとしてこの仕事を受け止めていたので、就職活動は行い、シャッツィに採用が決まったときは、素直に喜んで就職するつもりだった。

けれど伯母が倒れ、今もこうしてダブルワークとしてこの仕事も行っている。

伯母は十年ほど前に伴侶を亡くし、子どももいなかったので今はひとり暮らしだ。

私はあまり伯父を覚えていないが、伯父が亡くなってから伯母は悲しみを振り切るために元々得意だった整理整頓や家事を活かして会社を起ち上げるのに奔走した。

今では本を出すほどにまでなり、業界ではちょっとした有名人だったりする。

今回は伯母の代打だ。依頼主は伯母を指名していたが、伯母が数日前に体調を崩してしまったのだ。

手術を経て、仕事に復帰したものの以前のようにはいかず、依頼主にも契約時に事情を話し、別の者が代わる場合もあると伝えている。

『お願い。私の代わりができるのは未希しかいないと思っているの。身内贔屓《びいき》ではなく社長として、この仕事はあなたに託したい。先方には話してあるから。迷惑かけてごめんね』

手を合わせ、代役を頼んできた伯母の姿を思い出す。純粋に実力を認めてもらえたのは嬉しいいし、期待に応えたい。なにより伯母には無理してほしくないのが本音だ。

買い物の代行に、作り置きも含めた食事の支度。部屋の掃除、洗濯、お風呂の準備と限られた時間でこなしていく。ベッドメイキングは含まれていなかった。

平日に一回、土日のどちらかに一回と、週に二回訪れる契約になっている。契約社員は今日みたいに早上がりの日があるので、それを利用したらしばらくは依頼主の希望するスケジュールでここに通えるだろう。

何品か料理を用意し、やっと一段落ついた頃だった。玄関に人の気配を感じ胸がドキリと跳ねる。おそらく依頼主が帰宅したのだろう。

時刻は午後八時前。聞いていた時間よりも早い。

リビングのドアに注目していると、ドアが開きスーツを着た男性が現れた。背が高く、ぱっと目を引く外見はそこらのモデルや俳優にも負けていない。艶のある黒髪はワックスで整えられていて隙がない。意志が強そうな切れ長の目に、すっと通った鼻筋。すべての均整が取れているのはもちろん、放つオーラがまず違う。彼の持って生まれた天性のものか、あらゆる経験から生まれたのか。

高級そうなスリーピースのネイビーのスーツが申し分ないほどよく似合っている。

彼はすぐにこちらに気づき、その瞬間、私は勢いよく頭を下げる。

「おかえりなさいませ。家事代行サービス『紅《くれない》』より派遣されました沢渡です」

「沢渡……君が？」

頭を下げていたので彼の表情は見えないが、声には不信感が含まれていた。伯母から、『自分の代わりに沢渡というスタッフが向かう』という話は伝えてもらっている。けれど直接、会うのは初めてだ。

「はい。社長の小松《こまつ》を希望されていたのは存じ上げております。しかし連絡を差し上げた通り、小松が持病による体調不良で今回は私が代わりに参りました」

通常なら依頼のあった時点でどのスタッフが向かうのかマッチングのようなものがある。今回は事情があるとはいえ、希望していたスタッフではなくなり不満を抱かれるのも無理はない。家事に関する本を出版しているのもあって、その実力に期待して伯母を希望する人は多かった。

「小松社長の体調のことは承知していたし、無理はしてほしくない。しかし、代わりにやってきたスタッフがどうしてよりにもよって君みたいな若い女性なんだ」

顔を上げ彼を見ると、その表情にはありありと嫌悪感が滲《にじ》んでいる。

「ご心配やご不満はもっともです。ですが、小松の代わりを務められる自信はあります。この仕事の経験もそれなりに長く」

「そういう話じゃない。若い女性なのが問題なんだ」

私の発言を遮り、彼は苛立《いらだ》った口調で告げた。こういった事態は実は珍しくない。

若いだけで仕事ぶりに不安を抱く依頼主もそれなりにいて、交代を申しつけられた経験も一度や二度ではない。今回もそうするべきなのか。

「わかり、ました。次は回復していれば小松が、回復していない場合は、別のスタッフが来るように手配します」

これで話は終わりだ。仕事もほぼ終わったので帰ろう。

ぐっと握りこぶしを作り、顔を上げたのと同時に彼を真っすぐに見つめた。次の瞬間、口が勝手に動く。

「年齢や性別関係なく仕事を評価すると謳《うた》っているシャッツィの社長が、若いというだけで仕事ぶりもまったく見ずに判断なさること、とても残念に思います」

彼の虚を衝かれた表情を見て、全身から血の気が引くのを感じる。

覆水盆に返らず。後悔先に立たず。今の状況を表すことわざが頭の中を駆け巡るが、言ってしまったものはどうしようもない。

依頼主の彼は進藤隼人、三十一歳。私が契約社員として働いている株式会社シャッツィの若き社長だった。

伯母から彼の下へ代わりに行くよう伝えられたとき、こんな偶然があるのかと驚いた。やりづらいかもしれないが、私の腕を買っての判断だと言われ、悩んだ末に承諾した。本人に直接会ったことはないし、おそらく社長も契約社員である私のことなど知らないだろう。だからなにも知らないふりをしようとしたのに、彼の発言についひと言物申さずにはいられなかった。

いつもならどんなに腹を立てても笑顔で対応できているのに。

プロ失格だ。ましてやここには社長である伯母の代わりに来ているのに。

「悪かった。君の言う通りだ」

とっさに謝罪の言葉を述べようとしたら、なぜか相手が先に口にした。

混乱して社長を見ると、彼に先ほどまでのとげとげしさはなく、困惑めいた笑みを浮かべている。

「たしかに、年齢や経験、性別などで仕事の出来や良し悪しを決めるのは浅はかだ。偏った見方は会社全体の成長を妨げる」

納得したように彼は呟き、こちらにゆっくりと近づいてきた。

「撤回するよ。今日は世話になったね」

「い、いいえ。こちらこそ失礼な発言をして、申し訳ありませんでした。次回は極力希望に添えるように致しますので」

それから彼に今日の家事代行内容を説明してチェックしてもらう。不備がないと了承して書類にサインをもらったら私の仕事は終わりだ。

エプロンを外し、さっさと帰り支度を済ませる。社長は律儀に玄関まで見送りにやってきた。

「失礼します。ご利用ありがとうございました」

ここに来ることはもう二度とない。次は片山《かたやま》さんか田中《たなか》さんにお願いしよう。ベテランの年配スタッフの顔を浮かべ、部屋をあとにしようとした。

「教えてくれないか？」

そのとき不意に真面目な口調で問いかけられ、目を瞬《しばた》かせる。社長と視線が交わり、彼の真剣な表情が思ったよりも近くで目に映った。

「なぜこの仕事を？」

「個人的な質問には応えられません」

彼の質問の意図は読めないが、回答としてはこれで正しい。しかし社長は眉を曇らせた。

「社長として社員に聞いているんだ。第一営業部、営業補佐の沢渡未希さん？」

あまりにも予想外の切り返しに、私は目を見開いて硬直し、持っていたトートバッグをその場に落としそうになった。

「沢渡さん、第二営業部に回す資料ってどうなっている？」

「仕上げて確認に回しています」

素早く答えてキーボードを打ち続けるが、さっきから仕事に身が入らない。

原因は間違いなく昨晩の家事代行業での出来事だろう。まさか社長が契約社員である私の顔と名前を一致させているとは思いもしなかった。契約社員なのでダブルワークは就業規則違反ではない。下手に嘘をついたり、誤魔化したりするのは得策ではないと判断し、伯母との関係や大学時代からこの仕事をしていることなどを正直に話した。

そのため伯母の代わりに来たのは身内のコネだと思われたかもしれないが、どっちみち社長のマンションに足を運ぶことはもうない。とはいえ私自身はともかく、紅の信頼を落とすわけにはいかなかった。

あの説明で社長は納得してくれたのか。ダブルワークをしていることでシャッツィの仕事を軽んじていると思われたかもしれない。

憂鬱な気持ちが抜けず、集中力が落ちている。それでもなんとか仕事をやり終え、伯母の家へ向かった。

昨日の一件について、伯母には一応、代打で来た私が若いと依頼主が不安を述べたので、次回は他のスタッフを検討した方がいい、と昨夜のうちにメールをしている。

ただ、彼とのやりとりはそれだけではないので、念のため直接話しておこうと思ったのだ。伯母の顔も見ておきたい。

事務所ではなく伯母の自宅に向かうと連絡はしている。

「未希おかえり。昨日は私の代わりにごめんね、お疲れさま」

明るく出迎えてくれたのは、母の姉である小松紅実《くみ》だ。年齢を感じさせない若々しさがあり、手術のときに長かった髪を耳の下でばっさり切ってからがらりと印象が変わった。けれどショートカットの伯母もすっかり見慣れたし、よく似合っている。

「伯母さん、ごめんなさい。昨日伝えた通り進藤さまの件は」

「それが進藤さまから連絡があって、引き続き未希にお願いしたいって」

「え⁉」

私の発言を遮り、告げられた内容に驚きが隠せない。

戸惑う私に伯母はにこりと微笑んだ。

「未希の仕事ぶりを見てだそうよ。未希は最初、自社の社長だからってためらっていたし、昨日は年齢を気にしていたけれど、ちゃんと評価されていたのね」

伯母から伝えられた言葉を額面通りに受け取っていいものか。とはいえここで、他の人のシフトをずらしてまた組み立て直すのは、それはそれで大変だ。伯母の負担は極力減らしたい。心理的な面でも。

元々細いのに鎖骨が浮き出ている様子は指摘しないが痛々しい。一見元気そうでも目眩《めまい》や倦怠感で思うように仕事ができないのを悔しく感じているのは伯母自身だ。

昨日の社長とのやりとりの詳細を言うべきか迷い、すべてを呑《の》み込む。

「なら、よかった。社長の姪として仕事の出来で交代を言われたら、立つ瀬がないもの」

軽口を叩く私に伯母は嬉しそうに目を細める。

「本当、まだまだ子どもだと思っていた未希がいつの間にかこんなに立派になって……」

しみじみと言う伯母に苦笑する。まるで実の母のようだ。

「そうよ。今の私があるのは伯母さんのおかげなんだから！」

「なるほど。つまり私が立派なのね？」

「そうそう」

テンポよく返して、伯母と顔を見合わせて噴き出した。

「嬉しいこと言ってくれるわね。ほら、ご飯食べていくでしょ？」

当然と言わんばかりに中へ入るよう勧められ、私も続く。実の母以上に彼女のことは慕っているし感謝していた。むしろ伯母が母親だったらどんなによかっただろうかと何度も思った。


翌日の仕事帰り、私は前と同じ角度で暗くなる空を背景にマンションを見上げていた。まさかこの高級マンションに再び足を踏み入れる日が来るとは思わなかった。前回来たときと同じように、入口の前で建物をまじまじと見つめる。

今日は正式に私を担当者として受け入れる代わりに、いくつか打ち合わせをさせてほしいという相手の申し出でやってきた。おかげで荷物も少なく身軽ではある。

最低限の化粧に、ボリュームスリーブの白いカットソーとブルーのパンツを組み合わせ、シンプルにまとめた。家事代行業で大事なのは清潔感で、華美な服装は避けるようにしている。

今日は社長が在宅らしく、渡されていたカードキーでそのまま彼の部屋へ向かう。

依頼主の留守中に作業することもあれば、在宅しているときに家事をする場合もあるので、どちらのシチュエーションも慣れているはずなのに、今日はやけに緊張していた。

私は今、家事代行業者として訪れているにもかかわらず、契約社員としてシャッツィの社長に会うという意識に傾きそうになる。

しっかりしないと。

自分の手で両頬を軽く叩き、営業用のスマイルを作る。そのとき、前回は自分で開けたオリーブ色のドアが開いた。

「こんばんは。家事代行サービス『紅』の」

「どうぞ、中へ」

定番の挨拶を遮られ、出てきた社長に中へと促される。出端《ではな》をくじかれるとはこのことだ。調子を崩しそうになったが、気を引き締めて足を踏み入れた。

「失礼します」

社長は自宅だからか休みだったからなのか、スーツではなくシャツに黒のスラックスといつもよりラフな格好だ。前髪も下ろしているので、社報や遠目に見たことのある彼のイメージとは、かなり違う。

「わざわざもう一度来てもらって悪いな」

「いえ、これも仕事ですから」

意識しているのが伝わらないように、極力平静に返す。ちらりと社長がこちらに視線を寄越してきたが、思わず目を逸らしてしまった。

だめだ。失礼のないようにと思っているのに……。

妙な緊張感に息が詰まりそうになりながら、リビングに入る。

「コーヒーでかまわないか？」

「あ、いいえ。おかまいなく」

キッチンへ向かう社長に反射的に答えた。自分の仕事を考えたら、彼にここで働かせてよいものか。

「かまわない。今日はサービスを頼んでいないからな」

私の心の迷いを読み、社長はスパッと言い切る。手際よくコーヒーメーカーにセットされた豆が音を立て挽かれ、ややあってコーヒーのいい香りがしてきた。

手持ち無沙汰だった私は、そっと彼のそばに近づき隣に立つ。

「社長は紅茶よりコーヒーがお好きですか？」

本来なら〝進藤さま〟と呼ぶはずが、意図せず〝社長〟と呼びかけてしまった。言い直そうとしたが、彼は気にせず質問に答える。

「そうだな。どちらも飲むが、自分で淹れるならコーヒーを選ぶ」

彼の口調がとても自然だったので私は先を続けた。

「ちなみにお砂糖やミルクはどうされます？　ブラック派ですか？」

「用意されていたらどちらも入れるが、家では面倒だからブラックだ」

「好みの問題じゃないんですか」

思わず呆《あき》れた調子で返してしまい、ハッと我に返る。さすがに馴れ馴れしすぎた。

「あの、家事を代行する際に私が社長のためにコーヒーを淹れる場合もあると思いまして」

視線をコーヒーメーカーに移して、しどろもどろに言い訳する。けっして興味本位ではなく、必要だと感じたから尋ねたのだ。

とはいえ彼はどう思ったのか。ちらりと隣を見ると、なぜか社長もこちらを見ていた。不意に視線が交わり、彼の形のいい唇が動く。

「君は？」

「え？」

「コーヒーになにを入れる？」

私の情報は必要なのかと思ったものの今コーヒーを淹れているからだ、と自分の中で結論づける。逆にしかるべき理由がないと答えていいのかわからなかった。

「私は……あったらミルクを少し入れます」

小さく答えると社長は踵《きびす》を返し、うしろの棚の引き出しを開けはじめた。一通り中を確認し、次に冷蔵庫を開ける。

その様子を見守っていると、社長はため息をついて視線をこちらに寄越した。

「やっぱりコーヒー用のミルクはないみたいだ。牛乳でいいか？」

まさか彼が私のためにミルクを探していたとは思わず、目を丸くする。

「か、かまいません。お、お気遣いなく」

そこで言葉を切り、一瞬だけ迷ってから私はさらに続ける。

「わざわざ……ありがとうございます」

そこでコーヒーが落ち切ったので、社長は慣れた様子でカップを出した。注ぐのは任せて、テーブルに運ぶのは私がする。ひとりで使うには大きすぎるダイニングテーブルを挟んで真正面に座り、彼と向き合う。

仕事で来ているのに、なんだか不思議な感覚だ。

社長は言っていた通りコーヒーになにも入れずカップの縁に口をつける。私は心なしかいつもより多めに牛乳をコーヒーに注いだ。あっという間にカップの中身はミルクティーのような色になる。けれどこれはこれで冷めて飲みやすい。

ひと口ふた口飲んでからカップを置き、持ってきた鞄から書類を取り出す。

「契約内容など、念のため一度確認しますね」

「ああ」

伯母から申し送りのあった内容とほとんど差はない。使い方に困りそうな家電製品などもあまりなさそうだが、念のため使い方を聞いておく。ベッドメイキングは必要なく彼の寝室に立ち入らないことを除けば、とくに気をつけておくべきことや、注意してほしいことはないようだ。

「この前の件についてなんだが」

話が一段落ついたところで、ふと社長が話を振ってきた。彼の顔を見ると、なんとなくばつが悪そうで、私はおとなしく聞く姿勢をとる。

「失礼な物言いをした弁明を一応、させてほしい。実は紅の前に頼んだ家事代行業者から派遣されたのが若い女性だったんだ」

どうやら前回、伯母の代わりに来ていた私を若い女性だからと責めたことに対してらしい。それについてのわだかまりはもう私の中ではないのだが、彼の言い分も聞こうと余計な口は挟まなかった。

「その女性が、はっきり言うとあまり仕事ができなかった」

なるほど。どうしてもこの業界は経験がものを言うところがある。研修をまともにせず、いい加減に派遣する会社もあるし、そうではなくとも私みたいな若い女性より、長年主婦をしている層は、それだけで信頼が厚い。

「とはいえ、新人かもしれないからと思って、こちらもあまり強く言わずに長い目で見ていたんだ。そうしたら彼女、こちらの仕事や年収、プライベートなことをあれこれ詮索するようになって……」

ため息をつきながら続けられた内容に、私は落としていた視線を上げ、目を剥いた。

「さすがに会社に訴えて担当を替えてもらったんだが、それから個人的に連絡をされるようになって、家も知られているからつきまといもあって、さすがにあれには参った」

苦々しく語られる事情に、社長は自嘲的な笑みを浮かべているが私はまったく笑えない。

「それはひどいです！　ありえません！」

思わず叫んでしまい、今度は社長が目を丸くして私を見た。カップを握る手に力が入る。これが社長の家のものでよかった。自分のカップなら危うく投げつけてしまっていただろう。お腹の底から湧き上がる感情がマグマみたいに熱い。

「その人、若いとか経験が浅いとかそういう問題じゃありません。プロ失格です。この仕事はただでさえご依頼主さまのプライベートなところに踏む込むものですから、相手との信頼関係は大切なのに……。その人の行為は、派遣された会社だけでなく、同じ業界で頑張っている人にも失礼です！」

一息で言い切り、肩で息をする。感情の昂《たかぶ》りを自覚しつつ脈拍も速くなっていた。

『代わりにやってきたスタッフがどうしてよりにもよって君みたいな若い女性なんだ』

悔しくてやるせないが、あのときの社長の怒りが、これで腑に落ちる。代表である伯母を指名したのも、その代わりにやってきた私に嫌悪感を示したのも、そんな経験をしていたのなら当たり前だ。

社長が私の仕事ぶりを評価してくれたのは純粋に嬉しいが、私が担当で彼は本当にいいのだろうか。社長をうかがうと、どういうわけか彼は鳩が豆鉄砲を食ったような顔をしていた。

好き勝手言いすぎたかと謝罪の言葉を口にしようとする。しかし口を開いたのは彼が先だった。

「まさか怒るのまで代行してくれるとはな」

言ってから社長は噴き出し、一転して笑い出す。私としては、状況に頭がついていかずぽかんとするばかりだ。しかし冷静に社長の言葉を理解すると、頬が一瞬で熱くなる。どうして当事者でもない私が怒りをぶちまけているのか。滑稽でしかない。

「す、すみません」

さっきとは違う意味で胸が苦しくなる。余計な発言に今は後悔しかない。すると社長は笑いを収め、こちらを真っすぐに見てきた。

「いいや、ありがとう。俺の気持ちを汲《く》んでくれて」

彼の柔らかい表情に心臓が跳ね上がり、とっさに視線を逸らす。これでは失礼だ。けれどまともに顔を見られない。

頬に手を遣り、早くいつも通り振る舞わなければと言い聞かせた。息を整え、意を決して言う。

「あの、私は絶対に社——進藤さまのプライベートには口を出しませんし、関わったりしません。依頼された仕事だけを全うしますから、心配しないでください」

宣言するように言い切る。虚を衝かれた顔をする社長に、私はさらに畳みかけていく。

「業務上必要だと感じたときだけ質問をしますが、それでも答えたくない場合は無理に回答する必要はありません。要望などありましたら、遠慮なくおっしゃってください。すべては叶えられなくても最善は尽くしますので」

少しでも彼の不安を取り除きたくて、必死だった。苦い経験を経て、それでも私の仕事ぶりを評価してくれたのだ。そんな彼を裏切るような真似は絶対にしない。

早口で捲《まく》し立てると社長が目を瞬かせたあと、こちらをじっと見つめてきた。

「ならさっそく、要望をひとつ」

抑揚のない低い声で呟かれ、思わず息を呑む。

「なんでしょうか？」

同じ調子で私も返す。一瞬、耳鳴りがするほどの静寂がふたりの間に下りた。

「質問させてほしいんだ」

「え？」

ところが、社長の口から紡がれたのは、予想外の言葉だった。口調も幾分か軽い。

「沢渡さんがシャッツィであえて契約社員でいるのは、この仕事をするためなのか？」

前回も同じようなことを尋ねられたが、これはあまりにも個人的な内容だろう。

「そ、そういった質問は……」

「ビジネスライクに接してくれるのはとてもありがたいが、俺が君に継続して仕事を頼もうと思ったのは、うちの社員だからでもあるんだ」

同じ断り文句を告げようとしたら社長に先回りされる。そして社長の口から語られた理由にいささか心が揺れた。

「粗相をしたら、いつでもクビにできるようにですか?」

依頼主と業者という関係と、社長と契約社員という関係では重さが違う。どちらも彼の手のひらの上なのは変わりないかもしれないが。

私の問いかけに社長はわずかに眉尻を下げた。

「俺は君にそんな人間だと思われているのか」

「いえ、それは……」

慌ててフォローしようとしたが、社長の顔にはかすかに笑みが浮かんでいた。

「いいさ。こうやって社員とじっくり話す機会はあまりないから貴重だと思っている」

ああ、そうか。自分の仕事ぶりが評価されたと思っていたから、会社でのつながりがあったからなのだと知って、少しだけ傷ついているんだ。

冷静に自分の心情を分析する。とはいえこの心の機微を相手に訴えてもしょうがない。

「新卒や中途を問わず、うちは常に入社希望者が多い。でも沢渡さんは、そこまでの魅力をシャッツィに感じないのかと」

「そんなことありませんよ！」

社長の呟《つぶや》きに、私は即座に返した。

「シャッツィは素晴らしい会社だと思います！　仕事をしていると、自社の利益だけではなく、会社全体として未来を担う子どもたちのことを真剣に考えているのが伝わってきます。社会貢献や環境保全への取り組みもしっかりしていて、社員の働き方も柔軟ですし、私はシャッツィで働けていることを、すごく誇りに思います」

正直な思いを吐露する。いつか経営陣か上層部に直接伝えたいと思っていたくらいだ。

けれど、まさか社長相手に勢いのまま感情をぶつけることになるとは。ましてやここにはシャッツィの社員として来ているわけではないのに。

「すみません。あの、好き勝手言ってしまい……」

肩を縮めて身をすくめていると、社長がふっと笑みをこぼした。

「いや。俺が頼んだんだ。聞けてよかった」

彼の表情に安堵しつつ胸が高鳴る。しかし、すぐさま自分の立場を思い出し、自身に言い聞かせる。

よかった。これが依頼主の要望だったのなら、私は自分の仕事を全うしたまでだ。

時計を見て立ち上がる。カップの中身もすっかり空になっていた。

「私、そろそろ帰ります」

立ち上がって社長に告げる。時刻は午後八時半になるところで、もういい時間だ。畳んでいたコートと書類の入っていたバッグを持ち直す。

「車で送っていく」

あまりにもさらりと放たれたひと言に、つい彼を二度見してしまう。席を立ち、彼も外に出る準備をしはじめるので私は慌てた。

「大丈夫です。お気遣い無用ですから」

このマンションは、専用の通用口が駅に直結していて利便性は抜群だ。送ってもらうほどの距離でもない。

「君は紅から派遣されたスタッフであるのと同時に俺の会社の人間なんだ。ひとりで帰すわけにはいかない」

「で、ですが……」

きっちり線引きをすると誓ったばかりだ。依頼主の家事をはじめとする負担を軽減するために派遣されているのに、手間を増やしてどうするのか。

「信用できないなら、無理強いはしないが。こちらの要望に最善を尽くしてくれるん自分の発言を持ち出され、それ以上反発できなくなる。前者にしても、後者にしてだろ？」

も私に断る選択肢などないのだ。

軽く肩をすくめて、彼に従う旨を告げる。

「わかり、ました。お願いします」

社長の立場からすると、私みたいな一契約社員に言うことを聞かせるのなんて造作もないのだろう。

玄関で靴を履き、なにげなく顔を上げると、すぐそばにいた彼と目が合った。

「ちなみに、沢渡さんがうちの社員という理由で継続をお願いしようと思ったのも事実だが、それ以上に君の仕事ぶりを純粋に評価したからなんだ」

そう言って社長はドアを開けた。しかし私はすぐに動けない。

やっぱり彼は人の上に立つ人間だ。こんなにもさりげなく、人の心を浮上させてしまうのだから。

ああ、もう。ここに来たときから社長の言葉にいちいち踊らされすぎだ。いつもならもっと淡々と業務に取り掛かるし、依頼主ともきっちり線を引いたうえで接するのに。

自分らしくないと思いつつ彼についていき、地下の駐車場に向かう。並んでいる車は、どれもピカピカに磨き上げられて、展示場さながらだ。

その中の見るからに高そうな外国製の車に、促されるまま乗り込み、助手席に座る。シートベルトの位置がわかりにくくあたふたとしたがなんとかセットできた。ふかふかのシートは、ラグジュアリー感たっぷりだ。

マンションに足を運んだときから感じていたが、やはり社長とは住む世界がまったく異なる。

エンジンは思ったより静かで、車はゆっくりと動き出し、明るい駐車場からすっかり暗くなった夜の世界へと出た。

「この前、用意してくれていた料理、どれも旨かったよ。とくに、あのハンバーグ型の鶏つくねが冷めても柔らかいのには驚いた」

「豆腐をつなぎに入れたんですが、お口に合ってよかったです。よかったらお好きな味や苦手なものなど教えてください。メニューのリクエストなども」

聞きそびれていた料理について尋ねると、意外と丁寧に回答してくれた。書面で好みやアレルギーの有無などを聞いているが、実際に口に合うかは食べてもらわないとわからないので、こうして直接フィードバックをもらえるのはありがたいし次に活かせる。

家への道を伝え、ふと会話が途切れた瞬間だった。私からぎこちなく切り出す。

「私も……ひとつだけ質問してかまいませんか？」

「どうぞ。俺ばかりじゃフェアじゃないからな」

おそるおそる尋ねると、彼は穏やかに答えた。前を向く社長の横顔を見つめ、迷いながら先を続ける。

「社長は、どうして家事代行サービスを利用されているんですか？」

「業者としては気になるところか」

私の緊張とは裏腹に、社長は口角を上げる。

「はい。だって社長、家事がまったくできないわけでも、苦手でもないですよね？」

それまで即座に返ってきていた返事が、一瞬途切れた。

「どうしてそう思う？」

わずかに彼の声が低くなった気がする。そのせいで自分の発言を少しだけ後悔したが、今更だ。

「コーヒーを淹れる際の手際のよさや、棚の中になにがあるのかだいたい把握されているところから。引き出しに収納されている調味料の数や種類は、どう考えても料理をされる方のものです。今もハンバーグではなく、正確に鶏肉だって言い当てられましたし」

今まで家事が苦手で依頼をしてきた人たちをたくさん見てきたからわかる。

部屋はモデルルームさながらの綺麗さだが、彼の家にある調味料はどれも使いかけで、調理器具もそれなりにそろっている。そういった細かいところに彼が家でどんなふうに過ごしているのかが表れている。

とはいえ余計な質問だった。さっき彼のプライベートに踏み込まないと言ったばかりなのに。

けれど依頼主がどうしてうちのサービスを利用しようとしているのか、なにに一番困っているのかを、きちんと理解したうえで支えたいと思っている。完全な自己満足かもしれないけれど。

「君はよく人を見ているんだな」

呆れているのか、褒められているのか、社長の口ぶりからは判断できないが、怒ってはいないようだ。

「そう。実は家事は嫌いじゃないんだ。ただ、自分のためだけにするのが面倒で……。マンションにはレストランも、なんならクリーニングサービスもあるから最近はそれらを利用しているんだが、そればかりだとどうしても味気なく感じて」

なるほど。彼は忙しい人だから自分のために家事をする時間が惜しい一方で、すべてを外注するのは落ち着かないのだろう。

「なにより」

納得しかけていると、社長が苦々しく続けた。

「なにより？」

思わず先を促す形でおうむ返しに聞く。するとそこで車が止まり、社長の顔がこちらを向いた。

「両親が結婚しろと、うるさいんだ。なまじ俺が家事をできるのを知っているから、外食ばかりでろくに家事をしていない現状を知ったら、ますます結婚しろと言われる」

苦虫を噛み潰したような顔とはこういうのを言うのかもしれない。

「だったら家事代行サービスはいいんですか？」

「もちろん内緒にしている。母親がたまにマンションに顔を出すんだが、あまりにも生活感がないと家事をしていないのがバレるかもしれないからな」

同じ外注でも、家の外ですべてを完結させるより家の中で家事をしてもらった方がいいという理屈らしい。まさかの理由に目を丸くする。

信号が変わったからか、気まずさを感じたからか、社長の視線が再び前を向いた。

「社長という立場だと、いろいろ大変なんですね」

会社を背負う者として、私には想像もつかないような苦労があるに違いない。

「そうだな。結婚はしなければならないと思っている。もちろん家事をしてほしくて結婚するわけじゃないが、まだまだ封建的な世界で、それなりの立場になってくると既婚者の肩書きはやはり役に立つし重宝されるからな」

渋々といった口調につい苦笑してしまった。

「両親もそう思っているのか、まったく結婚する気配のない俺にしびれを切らして、この前は母が見合いをセッティングしたと突撃してきたこともあったんだ」

それはなかなかパワフルなお母さまだ。でも両親の話が出たからか、社長の本音が聞けたからか、つい親しみを感じてしまう。結婚に対しても己のしっかりした考えを持ち、会社を急成長させた敏腕社長だが、両親には敵わないらしい。

家のすぐそばに差し掛かり、車の停めやすいところを指示する。送ってもらったお礼を言い、シートベルトを外して改めて社長に向き直る。

「事情はわかりました。進藤さまがお家で家事をされていると見えるように、影武者となって精いっぱいサポートしていきますね」

笑顔を向け、わざとおどけて言ってみる。すると社長がふっと口角を上げた。

「頼むよ。優秀なハウスキーパーさん」

さりげなく頭に手を置かれ、手のひらの感触に体温が一気に上昇しそうになった。

「今日はありがとうございました。また次回お伺いする際は連絡を入れますね」

私は慌ててドアを開け、外に出る。冷たい空気に身震いしそうになったが、挨拶が先だ。

「おやすみなさい、失礼します」

頭を下げてからドアを閉め、踵を返す。

これくらいのことであからさまな態度をとってどうするのか。女子高生でもあるまいし。余裕のない自分が情けない。こうやって異性に慣れていないから痛い目を見たのに……。

沈みそうになる気持ちを振り払い、息を吐く。白く染まった空気はさっと夜に溶けた。

今日、社長と会って彼との距離は確実に縮められた。それは依頼主との間に必要な信頼関係だ。それ以上でもそれ以下でもない。

仕事なのだから、社長のために頑張ろうと改めて決意する。その前向きな気持ちにホッとした。仕事という明確な理由があるのが、今の私にはものすごくありがたかったから。

社長の下に通いはじめ、二週間が経過しようとしている。相変わらず寒さの厳しい日々が続き、気づけばもうすぐ二月になろうとしていた。

当初は彼が仕事を終えて帰宅する前に、私は一通りの家事を済ませてマンションをあとにし、あまり顔を合わせない予定だった。

けれど私がマンションを訪れる際、なぜか彼は在宅していることが多かった。もちろん毎回とはいかず、入れ違いになるときもある。

それでも彼が、極力私と顔を合わせるように調整しているのが伝わってくる。信用されていないのかと不安になったりもしたが、いつも会うと労《ねぎら》いの言葉や用意していた料理の感想を言ってくれるので、元々まめな性格なのかもしれない。

契約社員とはいえ私がシャッツィで働いていることも大きく影響しているのだろう。業務のあと、彼に車で送られるところまでがセットになりつつあり、このままでいいのかと頭を悩ませているのも事実だ。深入りは禁物だし線引きはきちんとしないと。

けれど彼が私を自社の社員だから信頼しているのと同じで、私も彼がシャッツィの社長だと知っているから、いつもの依頼主より気を許してしまっている気がする。

とはいえ、シャッツィで仕事をしていても、社長と会社で会う機会などない。それほど彼は忙しく雲の上のような存在だ。家事代行業をしなければ、こちらが一方的に知っているだけで、社長と口を利くどころか顔を合わせることさえなかっただろう。

そこで考えを変える。違う、シャッツィでの仕事と紅の仕事では社長との関わり方はまったく異なる。混同しちゃだめ。

朝からシャッツィの第一営業部で私はひたすらパソコン画面に向き合い、いくつかのデータと睨めっこしながら営業用の資料を作成していた。

外回りをしたり直接取引先に営業に行ったりはしないが、私はここで営業事務として資料の作成や業界のデータをまとめるなどの業務をメインに行っている。

「沢渡さん、『デネボラ』へ持っていく資料もうできたの？」

「もうすぐできます」

不意に厳しい声で問いかけられる。しかし私はキーボードを打つ手を止めず、静かに答えた。その態度が気に入らなかったのか、相手はあからさまに不機嫌なオーラを放つ。彼女――橋本《はしもと》恵《めぐみ》さんは、いつも私に対してこうだ。

「まったく。前に『イチイ』に持っていった資料を使い回したらいいじゃない。要領悪いんだから」

ふんっと鼻を鳴らし去っていく気配を背中で感じ、私は小さくため息をつく。彼女は、三つ年上の先輩で、第一営業部の営業だ。同じチームで働いているが、私への風当たりの強さは入社した頃から変わらない。他の女性社員たちからの評判もあまりよくはないようだが、男性陣たちからはそれなりに人気があり、発言力もある。

入社したときから私は彼女の補佐役を担っている。通常、営業先へのプレゼン資料の作成は営業自身の仕事だ。あくまでも私はサポートとして、必要なデータを集めたり、書類を用意したりする。しかし橋本さんはプレゼン資料の作成から私に丸投げだ。直接先方に会う営業だからできる部分を彼女はしない。何度か抗議したが彼女は変わらず、私も諦めてしまった。

この際、誰が作ったのかは問題ではない。シャッツィの商品のよさを相手に理解してもらうのが最優先だ。

そもそもさっきの橋本さんの言い分だが、イチイは文具を、デネボラはベビー用品や乳幼児用玩具を主に取り扱っているので、会社の系統がまったく違う。

そうなると用意する資料や見せ方は、異なってくるのが当然だ。

けれど口にはしない。先輩に向かっていちいち反論するのも億劫《おっくう》だし、彼女からは契約社員だと常々見下されているのでまともに取り合ってもらえるとも思えない。

資料を仕上げたタイミングでちょうど昼休みになったので、気持ちを切り替えようといつも持参しているお弁当を持って立ち上がった。

今日も天気がいいから、会社のすぐそばにある公園のベンチで食べよう。玄関口へ歩を進めていると、前から見知った男女ふたりが並んで歩いてきた。やけに距離が近く親しげにしているのは、先ほど資料の件で文句を言ってきた橋本さんと、同じ第一営業部で営業担当の木下秀樹《きのしたひでき》さんだ。

目線を下げ、さらりと通り過ぎようとしたが、わざわざ橋本さんの方が声をかけてきた。

「沢渡さん、資料はやっと出来上がったの？」

さっきとは打って変わってどこか甘ったるさのある声に、私は無表情で顔を上げる。ゆるくウェーブがかかったピンクブラウンの髪や、体のラインを強調する服装、しっかり施されたメイクは、彼女の女性らしさを最大限に引き出している。

「はい。あとで確認をお願いします」

「お前な、恵の――先輩の手を煩わせるなよ。ある程度のデータは用意してもらって、あとはまとめるだけだろ？　仕事はさっさとこなせ」

私の返事に答えたのは橋本さんではなく、彼女の隣に立つ秀樹——木下さんだ。スーツを身にまとった彼は、私を鬱陶しそうな目で見る。

「先輩が優しいからって甘えるなよ。どうせ余計なことばっかりしてるんだろ。第一営業部は花形なんだ。仕事のできない人間はいらない」

「そんなふうに言わないであげて。沢渡さん、契約社員なんだし。多くを求めたらかわいそうでしょ？」

白々しくフォローされ、言い返す気力もない。それよりも早くこのふたりから離れたい。

「お疲れさまです」

軽くお辞儀をして挨拶をし、さっさとこの場から離れようとしたが、橋本さんがそれを許さなかった。

「沢渡さん、またお弁当？　倹約家よねー。でも家事できますアピールだけじゃ彼氏できないわよ？　結婚迫っているみたいで痛々しいし。ね？」

そこで隣にいる木下さんに話を振る。

「そんなのにつられて結婚するのは、馬鹿だけだな」

「失礼します」

私は頭を下げて駆け出した。勝ち誇った橋本さんの微笑み、嫌悪感が交ざった木下さんの表情。私が去ったあと、ふたりがなにを話すのか……考えたくもない。惨めで消えてしまいたい衝動を堪《こら》えながら私は目的地を目指す。

シャッツィも第一営業部での仕事も好きだ。橋本さん以外は基本的に皆いい人で、契約社員でも福利厚生などはしっかりしている。辞めるなど一度も思ったことがない。けれど橋本さんに加え、木下さんの存在は私の契約更新の決意を揺るがしていた。

日差しが思ったよりも暖かく、木陰になっているベンチに腰を下ろした。会社裏の公園は比較的静かで、オフィスビルが並んでいることもあり私と同じように会社の昼休みを過ごしている人がチラホラいる。弁当箱を開け、箸を手に取り「いただきます」と小さく呟いた。

節約のためもあるが、自炊しているので弁当作りはその一環だった。誰かに見せびらかすためではないので、そこまで手の込んだものでもない。

今日はゆかりご飯とメインのひじき入り鶏つくね。卵焼きと、いんげんのごま和え、彩りにミニトマトを入れている。

『沢渡さん、お弁当自分で作ってるの？　すごいねー。超旨そう！』

彼に声をかけられたときのことを思い出す。先ほどすれ違った四つ年上の木下秀樹さんとは、実は半年ほど付き合っていた。

今ではその面影もない。なぜなら別れた原因が、彼と橋本さんの浮気だったからだ。浮気が発覚してもふたりはまったく悪びれもせず、逆に私は、見下されて責められる始末。怒りを通り越して、ただ呆然と現実を受け入れるのが精いっぱいだった。

そこで我に返り、慌てて箸を進める。感傷に浸っている場合ではない。

今日はただでさえ集中力を欠いていて仕事が思うように進んでいない。早めに昼休みを切り上げ続きに取りかからないと。

おそらくどんなに必死で仕事をこなしても契約社員である私の実績にはならない。それでも私は与えられた仕事を極力完璧にこなすだけだ。これは家事代行業のときも変わらない。

早めに部署に戻り、自分のデスクに戻ろうとする。その前にコーヒーでも飲もうと自販機の並ぶ休憩スペースへ向かった。

「ねぇ、進藤社長に付き合っている相手がいるって知ってた？」

「うそ。相手誰？」

そこでは女性社員が噂話で盛り上がっている真っ最中だった。ふたりは私を見て一瞬驚いた顔をしたが、無害だと思ったのか気にせず話を続ける。

「それが『MITO《ミト》』の社長令嬢らしいよー」

「あの子供服の⁉」

彼女たちの発言に、私はボタンを押そうとする手が止まった。社長に付き合っている女性がいるという事実以上に、相手の会社名に驚く。

「そうそう。友達の親があの会社でけっこういい役職についていてね。直子《なおこ》さんだったかな？　なんか何度もふたりで会っているらしいよ。仕事だとしても、そう何度もふたりで会う？　結婚前提とかじゃない？」

「ありえそう。はー。やっぱり社長となると、相手もすごいわね」

ＭＩＴＯは出産祝いやブランドの子供服と言えば定番の、有名子供服メーカーだ。

私も子どもの頃はこのブランドばかり着ていた。なぜなら母がＭＩＴＯの本社に勤めているのだ。

お相手の女性についてはまったく知らないが、妙なつながりを感じる。おそらく社長と釣り合う素敵な人なのだろう。

『そうだな。結婚はしなければならないと思っている』

彼自身、そう話していた。両親から結婚を迫られているようだったし。

コーヒーの入った紙コップを持ち、自分のデスクへ向かう。パソコンを起動させながら軽く息を吐いた。

なんだ、ちゃんと相手がいたんだ。

なにかが刺さったように胸がチクリと痛む。けれどその理由がわからない。

なんで？　おめでたい話なのに。彼の役に立とうと変に張り切っていたから、少し肩透かしを食らった感じなのかな。

恋人の有無などは完全にプライベートなことで、伝えられていなくても業務に支障はないはずだ。けれど結婚前提の相手がいるのなら、仕事とはいえ私がマンションに出入りしてもいいんだろうか。

私らしくない。社長との関係はビジネスライクなものなんだ。

余計な考えを振り払い、途中になっていた営業資料の作成に集中した。

今日は大学のときの友人と晩ご飯を一緒に食べる約束をしていて、少し気持ちがソワソワしていた。

久々に会うので、自然と格好に気合いが入り、会社のロッカールームで着替えてメイクを直す。さりげないドレープが可愛いベージュのニットワンピースにブラウンのブーツを合わせた。淡いパールが円く並んだイヤリングをアクセントにつけて、会社の外に出る。

　建物の中から外へ出たときの寒暖差は相変わらずすごい。辺りが薄暗くなっている午後六時、相手の姿はまだ確認できない。

　今から会う友人とは定期的に連絡を取り合ってはいたものの、彼女は大学を卒業後、地元に戻って就職したのでおよそ二年ぶりの再会になる。仕事の関係でこちらに来ていると二日前に連絡があり、待ち合わせ場所に悩んだ結果、シャッツィのオフィスビルまで来てくれることになった。

　綾美《あやみ》、スーツかな？　大学の頃からすごくお洒落だったよね。会うの、楽しみだな。

　心を弾ませ、辺りをきょろきょろ見回す。すると見覚えのある高級車が会社の駐車場から出てきて、すぐ近くで不自然に止まった。そちらに視線を送っていると、運転席の窓が開き、中の人物が顔を出す。乗っていたのは社長で、ばちりと音がしそうなほどの勢いで視線が交わった。なんとなく彼に呼ばれた気がして、私は気づけば足早に車に近づいていた。

「お疲れさまです」

「お疲れ。最初、誰だかわからなかった」

　律儀に頭を下げて挨拶をしたら、やや驚いた表情で返される。そこまで普段の自分とかけ離れているのかと疑問に思ったが、家事代行サービスのときはシンプルな制服とエプロンに合わせ、メイクも髪も極力地味にまとめていた。ついでにコンタクトではなく眼鏡にしているので、たしかに印象は今とはけっこう違うかもしれない。

「次は日曜日にお伺いしますね」

「ああ。よろしく頼むよ」

紅の業者と依頼主としての会話を終え、それ以上は続かない。

「どこか行く予定なら送ろうか？」

さりげなく気遣われ、私は慌てて首を横に振る。

「いえ。会社の前で待ち合わせをしているので」

その回答に、どういうわけか社長は大きく目を見張った。彼の反応に、なにか変なことを言っただろうかと不安になった私は、今度は自分から尋ねる。

「お気遣いありがとうございます。社長こそ、このあとご予定があるんじゃないですか？」

私の質問に社長はちらりと時計に目を遣った。

「ああ。俺も今から人と会う約束があるんだ」

なんとなくその相手は仕事関係者ではない気がした。とはいえこれ以上の詮索は無用だし失礼だ。

「もしかして相手はＭＩＴＯの社長令嬢さんですか？」

それなのに口が勝手に動いて、気づけば声に出していた。しまったと後悔する間もなく社長から答えがある。

「どうして知っているんだ？」

咎《とが》められるわけでもなくあまりにも素直に返され、逆に私が虚を衝かれる。一瞬で心の中に黒い靄《もや》がかかった。

「失礼します」

頭を下げ、私はすぐに車から離れた。そもそも社長と一介の契約社員である私が会社のすぐそばで接触するのは、どう考えても不自然だ。余計な誤解や詮索を招くかもしれない。そうなると困るのは社長だ。

彼に背を向け、元いた場所に戻る。綾美がもう来ているかもしれない。ちらりとうしろを見ると、社長の車はもうなかった。

安堵しつつ前に向き直る。どうやら昼間、女性社員たちが話していたのは噂ではなく事実らしい。だから、なんなの？　原因を必死に探るも、胸に重い鉛が沈んでいるような感覚はしばらく続きそうだった。

第二章　婚姻届と契約書のどちらもサインは必要です

土曜日の昼下がり、私は社長のマンションにいた。いつものエプロンは身につけておらず、淡い桃色のハイネックに白のプリーツスカートと私服で、イレギュラーな事態であるうえ、家主は不在のため、どうも落ち着かない。

遡ること二時間。紅から支給されている仕事用のスマホに社長から電話があったのだ。

今日の昼過ぎにマンション全体の点検があり、その一環で在宅して確認しないとならないことがあるのだが、すっかり忘れていたと。不在の場合は改めて別の日に業者に連絡して来てもらわねばならないので、できれば今日終わらせたいから代わりに立ち会ってくれないかという内容だった。

断る選択肢もあったが、電話に出て最初の社長の質問が『今、どこでなにをしている？』だった。

訝《いぶか》しく思いながらも、とくに用事もなく家の掃除をしながら久々にマフィンを焼いている最中だと答えてしまったのだ。あの聞き方と話す順番はずるい。

とはいえここで断ったとしても責められるいわれはないし、受けなければならない義務もない。それは社長もわかっている感じだった。

『もちろん無理にとは言わないが……』

そういう言い方をされると、どうにかしてあげたいと思ってしまう私が甘いのか、彼の作戦なのか。念のため伯母には報告を入れ、時間もないのでそのままやってきて今に至る。

何人もの関係者らしき人たちがエントランスで出入りしていて、コンシェルジュが案内していた。それにしても普段はこんな時間にこのマンションを訪れることはあまりないので、なんだか新鮮だ。

落ち着いて息を吐くと、不意に空腹を感じる。急いで来たのでお昼を食べ損ねてしまい、まだ甘い香りを漂わせている焼きたてのマフィンをとっさに持ってきたのは、自分で食べるためだった。

そして、なんとなく社長の分も持ってきている。

マフィンを焼いていると伝えた際に彼が『俺のために？』と返してきたのが原因だ。もちろん、そんなつもりはなく即座に否定した。

すると『それは残念だ』と軽く返され、電話を切ったあとも私は延々と悩んだ。こうういう場合はどう行動するのが正解なのか。伯母のところに持っていく分を差し引いてもけっこうな量がある。

バレンタインデーが近いし、と思ったがバレンタインに絡めると、かえって気を使わせたり、いろいろと邪推されたりするかも。そもそも彼は食べたいとも欲しいとも言っていない。気を回すなんて言ったらカッコイイが、それはあくまでも相手が望んでいた場合だ。冗談や社交辞令だったら？　一気に不安が押し寄せる。

自信がない。仕事としてなら依頼内容の確認としてはっきり尋ねるのに、プライベートになるとこれだ。こういうことで悩みたくないから、仕事以外の余計なことはしないと決めたはずなのに。

ひとまず空腹を満たそうと、コーヒーを淹れることにした。これくらいは社長も許してくれるだろう。いや、許す許さないではなく社長はいつも優しいし、雇い主であるという立場を忘れているのかと思うほど私によくしてくれる。

彼が在宅のときはコーヒーを淹れてくれるのも定番になりつつあった。

しかも、初めて淹れてもらったときにはなかったはずのコーヒー用のミルクも次には用意されていた。社長は相変わらずブラックでコーヒーを飲むので、おそらく私に気を使ってのことなのだろう。

依頼主としても社長としても、彼は十分すぎる気遣いができる人だ。そのときチャイムが鳴り、業者が来たのだと思って玄関に向かう。

部屋の中の火災警報器の設置やブレーカーの確認など、立ち会いで行うべき作業はあっという間に終わった。拍子抜けしながら、自分の仕事は終わったので社長に連絡を入れて帰宅しようと考える。

その前にコーヒーくらい飲んでもばちは当たらないよね？

なによりもうコーヒーメーカーをセットしていて、ほぼ出来上がっている。いつも通りカップを探そうとしたとき再び玄関のチャイムが鳴った。先ほどの業者がなにか確認し忘れていたのか、忘れものでもあったのか。

そのときドアが開き、年配の男性ふたりが顔を出すのかと思ったら、現れたのは女性で面食らう。

伯母と同年代くらいだろうか。ウェーブのかかった髪が肩の下で揺れ、きっちりメイクが施されている顔は若々しいが年相応の上品さがある。

ネイビーのトップスに長めのジャケット、長い足を強調するかのようなパンツスタイルが嫌味なく似合っていた。

業者だと思って出迎えたことを後悔し、内心で冷や汗をかく。仕事中ならまだしも、今は留守対応まではすべきではなかった。

とっさに言葉が出ない私に対し、彼女はにこりと微笑む。

「突然、ごめんなさい。上がってかまわないかしら？」

「あ、あの、私は留守を預かっている身でして」

家主の許可なく誰かを部屋に入れることなどできない。しかし彼女はまったく気にせずに続ける。

「それなら大丈夫。初めまして。隼人の母、進藤美奈子《みなこ》です」

彼女の自己紹介に頭が真っ白になるのと同時に腑に落ちる。

『母親がたまにマンションに顔を出すんだが、あまりにも生活感がないと家事をしていないのがバレるかもしれないからな』

目の前にいるのは、私を雇った理由でもある社長のお母さまだ。そうなると自分はどの立場で話せばいいのか迷ってしまう。社長としては、家事代行業者を雇っているのを母親に知られたくないはずだ。

「あなたなのね！　いつも息子がお世話になっています。よかった、まさか会えるなんて。会いたかったわ、あなたの話を隼人から聞いていたから」

しかし社長のお母さまは私の存在を訝しがることなく明るく言ってきた。彼女の言葉で、張り詰めていた緊張がわずかに解ける。

社長、家事代行業者のことを伝えていたんだ。

これで下手に嘘はつかなくていい。そこで私は自分がまだ名乗っていなかったことに気づく。

「初めまして、沢渡と申します。私は――」

「沢渡さん？　下のお名前は？」

言い終わらぬうちに尋ねられ、まずは彼女の質問に答える。

「未希です」

「未希さんね。さ、立ち話もなんだし中でお話ししましょう！」

中に歩を進める社長のお母さまに、私は慌ててついていく。母親とはいえ家主である社長の許可なく家にあげていいのか一瞬迷ったが、そもそも私は今日、正規の仕事でここにやってきたわけではない。あくまでも社長の個人的な頼みでここにいるのだから、気を回しすぎるのもよくないだろう。

「いい香り」

リビングに入った途端、鼻を掠めるコーヒーの香りに、美奈子さんがうっとりした声をあげた。

「コーヒー召し上がりますか？」

「お願い」

すかさずキッチンに回り、カップを準備する。そこへ美奈子さんもやってきた。

「お砂糖とミルクはどうなさいます？」

「いらないわ。どうせどちらもここにはないでしょう？」

苦笑する美奈子さんに、念のため伝える。

「ミルクならありますよ」

するとその回答に美奈子さんが目を丸くした。

「あら、本当？　どうしたのかしら、珍しい」

「あの、私がコーヒーを飲む際にミルクを入れるとお伝えしたら、息子さんが用意してくださって」

しどろもどろに言い訳する。言ってから、業者なのに仕事場でコーヒーを飲むのかと叱責されるところを想像して後悔する。ところが、美奈子さんは嬉しそうに笑った。

「そうなの？　ならミルクをお願い」

「かしこまりました」

彼女のカップを準備し、いつもの場所からミルクを自分の分を含め取り出す。相手は社長のお母さまではあるが、気持ちはすっかり家事代行業者になっていたので変に緊張せずにいられた。向こうも私の様子をじっと見つめているので、もしかすると業者としての腕を確かめられているのかもしれない。

するとと美奈子さんの視線が持ってきていたマフィンに移った。

「これはどちらのお店のものかしら？　とっても美味しそうね」

純粋な問いかけに、少しだけ答えるのをためらう。

「私の手作りなんです」

「手作り？　まぁ、すごい！」

小声で答えた私に対し、美奈子さんは一際大きな声で返した。嫌味ではなく、目をキラキラさせてこちらを見てくる彼女に、なんだか逆に照れくさくなってしまう。

「よろしければ召し上がってください」

「嬉しいわ、ありがとう。でも息子に持ってきたんじゃないのかしら？」

「まだありますから、大丈夫ですよ」

そう返すと美奈子さんの顔がぱっと明るくなる。出会ったばかりでまだ少ししか会話していないが、素直で可愛らしい人だと感じる。

先に席に座ってもらい、彼女の下へ淹れたてのコーヒーと温めたマフィンを運んだ。

彼女の前にコーヒーとマフィンの皿を置く。

「どうぞ、奥さま」

「奥さまなんてやめて。名前でかまわないわ。私も未希さんって呼ばせていただくから」

美奈子さんの私に対する呼び方はともかく、依頼主の母親である彼女を自分の立場でそう気安く呼んでいいものなのか。そのとき彼女の視線が、テーブルを挟んで前に向く。

「ほら、遠慮せずに未希さんも座って。疲れたでしょう？　一緒にお茶しましょう」

話を進めていく美奈子さんに、苦笑する。多少の強引さがあっても気にならないのは彼女の持つ雰囲気のおかげだろう。

「では、お言葉に甘えて失礼します」

ここで断るのはかえって失礼だ。一度キッチンに戻り、いつも使っているカップにコーヒーを淹れると、私はテーブルを挟んで彼女の前に座った。

「そんなに緊張しないでね。取って食べたりしないから」

なんだか仕事の面接みたいだ。その証拠に、美奈子さんの顔には聞きたいことがたくさんあると書いてある。

やはり息子が利用している家事代行業者には聞いておきたいのだろう。

「未希さんはここにはよく来ているの？」

「週に二回ほどです」

「お仕事もあるのに大変でしょう？」

すかさず返され目を瞬かせる。ダブルワークをしていることまで知られているとは。

社長はどこまで私の話をしているのだろう。

「そう、ですね。でも好きでしていることなので」

美奈子さんはカップを一度ソーサーに戻し、軽くため息をついた。

「隼人、無理言って、未希さんに迷惑ばかりかけているんじゃないかしら」

「そ、そんなことありませんよ。息子さん、お忙しい中で私への気遣いも十分すぎるほどしてくださり、すごく感謝しているんです」

気を使ったわけでもなく、これは本音だった。料理の感想をはじめ仕事ぶりをきちんと評価して口にしてくれるし、帰りに送ってもらうのも定番化しつつある。むしろ私のせいでかえって彼には負担をかけているのではと不安になるくらいだ。もちろん社長はいつも笑って否定するんだけれど。

私の反応に美奈子さんは、目を細めた。

「ありがとう、未希さん。あなたみたいな人がそばにいて隼人は幸せだわ」

「い、いえ。そんな」

ストレートな褒め言葉に恐縮する。しかし、どうも彼女の言い方が引っかかった。

そのときリビングのドアが開き、私と美奈子さんの視線はそちらに移る。

「母さん？」

現れたのは家主である社長で、スーツ姿の彼は母親の存在に目を丸くした。一方で美奈子さんは、わざとらしく満面の笑みを浮かべる。

「おかえりなさい、隼人。お邪魔しているわ」

「来るときはひと言連絡してくれっていつも言っているだろう」

やや怒った口調で社長が返すが美奈子さんは意に介さない。私は完全な部外者なのでさっさと席を外すべきだと思うが、口を挟めずふたりのやりとりを見守ることしかできない。

「連絡したら、あなたいつも無理って断るじゃない。それに今回、私はあなたに会いに来たんじゃなくて未希さんに会いに来たんだから」

声を弾ませる美奈子さんに対し、社長は怪訝《けげん》な表情になった。急に名前を出され、私は戸惑う。

「隼人がいなかったからふたりでお茶をしていたの。未希さんの手作りのマフィンまでいただいて……。とっても美味しかったのよ。これからもっといろいろ聞こうと思っていたところだったのに……」

このタイミングでお暇《いとま》しようと判断し、口を開く。しかし、それよりも先に美奈子さんが続けた。

「それで、ふたりはいつ結婚する予定なのかしら？　入籍は？」

美奈子さんの言葉に一瞬、思考が停止する。ふたり、というのは誰と誰のことなのか。社長とＭＩＴＯの社長令嬢の話だろうか。それなら納得だが、美奈子さんの視線は社長と私に交互に注がれる。

「未希さんもお仕事があって忙しいとは思うけれど、こういうのは先にしっかり決めておくべきだと思うの。何度もここに足を運ぶのも大変でしょ？　早く結婚して一緒に住んだら、解決じゃない」

そこでやっと察する。どうやら美奈子さんはとんでもない勘違いをしているらしい。

「あの、奥さまっ」

「まだ付き合いはじめたばかりなんだ。もう少しじっくり考えさせてくれよ」

慌てて訂正しようとすると両肩にうしろから手を置かれ、私の発言を遮るようにして社長が返した。思わず社長を仰ぎ見たら、彼はなにかを訴えるような目で私を見てくる。

「まぁ。でもあまり悠長なこと言っていたらだめよ。あなたの都合ばかり押しつけていたら愛想を尽かされるわよ。ねぇ、未希さん」

「い、いいえ。私は……」

本当のことを話そうとしたが肩に置かれた手の力が強く、つい言いよどむ。美奈子さんは気にすることなく饒舌に続けていく。

「今までね、どんな相手を勧めてもあまり結婚に乗り気ではなかった隼人が……初めてなのよ。自分から結婚を前提に考えている相手がいるって言ってきてね」

それはＭＩＴＯの社長令嬢である水戸《みと》直子さんのことなのでは？

やはり勘違いを正すべきだと意を決した瞬間、美奈子さんのスマホが音を立てた。

「あらやだ。ごめんなさい、ちょっと大事な電話だわ。少し席を外すわね」

そう言って美奈子さんはそそくさとリビングから出ていってしまう。自分の身になにが起こっているのかいまいち実感が湧かない。そのとき社長の手が肩から離れ、彼がため息をついたのが伝わってきたので、私は勢いよく立ち上がって振り返った。

「社長、どういうつもりなんですか？」

「悪かった。実は両親に勧められてＭＩＴＯの社長令嬢と、結婚を前提に何度か会っていたんだ」

その発言に少なからず動揺する。話は聞いていたが、本人の口から改めて彼女との関係を告げられると、なぜか胸がざわついた。

「だが、あいにく破談になってね。母には結婚を考える相手が他にできたからだと伝えたんだ。相手について教えろと言われてのらりくらりかわしていたら、いつものようにここにやってきて沢渡さんを見て勘違いしたらしい」

「そ、そんな……」

ようやく経緯が見えてきた。いろいろなタイミングが重なって生まれた誤解だが、解くのなら早いうちにしなければ。

「とにかくお母さまに本当のことを伝えましょう」

「悪いがそれはできない。相手がいないどころか、家事代行業者まで頼んでいると母が知ったら、明日にでも見合い話を持ってくるだろう」

そうか。美奈子さんは私を、社長が結婚を考えている相手と思い込んでいるが、そうではないと伝えた場合、ならどうして私がここにいるのかという話になってしまう。どう考えても家事代行業者の話は避けては通れない。

それはこの際、しょうがないのでは？と言いたくなるのをぐっと堪える。

誤解させてしまった原因は私にもある。イレギュラーの頼まれごとだったとはいえ、いつもの制服ではなく私服で来てしまった。しかも、社長が美奈子さんに家事代行業者の話をしているのだと思い、きちんとこちらの立場を名乗らずにいた。

「で、でもこんな嘘すぐにばれますよ。なにより嘘はよくないです」

最後は自然と非難めいた口調になる。しかし社長は軽く鼻を鳴らした。

「へぇ。なら君は嘘をついたことがないのか？」

彼の切り返しに私は固まる。そう言われると私はもうなにも言えない。押し黙る私に、社長はすぐに気まずそうな顔になった。

「悪い。勝手なことを言っているとは思っている。沢渡さんの事情も汲まずに。付き合っている相手にも申し訳ない」

「そういう方はいませんが……」

律儀に返して、ハッとする。ここはあえて訂正しなくてもいい場面だ。私のプライベートなど彼に伝える必要はまったくないのに。

どういうわけか社長は目を見張ってじっとこちらを見たあと、ふいっと視線を逸らした。

「巻き込んで申し訳ないとは思っているが、今だけでかまわない。どうか話を合わせてくれないか？」

打って変わって懇願めいた言い方に私の心は揺れる。

「今だけ……ですか？」

「ああ。なんなら仕事として受け取ってくれたらいい」

〝仕事〟という言葉に少しだけ冷静になる。あくまでも私は彼に雇われている立場だ。ならここは、彼の意向を大事にすべきだ。下手に正義感を振りかざして、美奈子さんに真実を告げるのが正しいとは限らない。なにより社長が望んでいないのだ。

「わかり、ました」

小さく頷くと、頭に温もりを感じた。

「ありがとう」

手のひらの感触と同時に降ってきたのは安堵交じりの声だった。

「お待たせ。未希さんも話している途中でごめんなさいね」

戻ってきた美奈子さんの声で、社長の手が離れる。

「いいえ、かまいませんよ」

気恥ずかしさを感じながら答えると、美奈子さんはニヤリと笑った。

「あらあら。お邪魔だったかしら？」

彼女の切り返しに頬が一瞬で熱くなる。その反応に美奈子さんは小さく噴き出した。

「いいわねー。私、やっぱり未希さんが好きだわ。さて、隼人も帰ってきたしゆっくりふたりの話を聞かせてもらおうかしら……と、言いたいところなんだけれど、ごめんなさい。ちょっと急用で帰らなければならなくて」

「大丈夫ですか？」

美奈子さんの慌てぶりに声をかける。彼女は時間を確認し、てきぱきと帰る準備を進める。

「ありがとう、大丈夫よ。もっとお話ししたかったのに残念だわ。でもこれからいくらでも話せるわよね。また未希さんに会いに来てもいいかしら？」

「……はい」

美奈子さんの問いかけにぎこちなく頷く。今は、これが正解だ。

「今度は美味しいものでも一緒に食べに行きましょう！　それから買い物も。この近くでおすすめの店があってね。そこが」

「そのへんにしといてくれ。母さんの圧が強すぎて、未希が引いている」

さりげなく社長に名前を呼ばれ、心臓が跳ね上がる。しかし、それを顔に出すわけにはいかない。

「あら、ごめんなさい。でもとっても嬉しくて。今日、短い間だけれど未希さんと話せてすごく楽しかったわ」

「私もです。ありがとうございます」

これは本音なので迷わず答えられた。続いて美奈子さんの目線が社長に移る。

「隼人にしては、素敵なお嬢さんを選んだわね」

「なんだ、その言い方は」

社長が不服そうに返した。美奈子さんを前にすると、当たり前だが社長が息子の顔を見せるのでなんだか新鮮だ。

「見送りはかまわないわ。駅、そこですもの。じゃあね」

「お気をつけて」

玄関までついていき、社長と共に美奈子さんを見送る。嵐が去った、と言っても過言ではない。思った以上に気を張り詰めていたらしく、どっと疲れが押し寄せてきた。

私はちらりと社長の顔を見遣る。彼に言いたいことは山ほどある。しかし社長の顔にも疲労の色が滲んでいた。

「とりあえず、休憩されてはいかがですか？　コーヒー、お淹れしますよ」

そのため労いの言葉が口を衝いて出た。現に社長は、帰ってきてから一度も座っていない。

私の提案に社長は目を見張り、そっと口元を緩めた。

「いただこうか」

「では、すぐに準備しますね」

先にキッチンに向かおうと彼の前に出る。

「俺にもマフィンはもらえるのか？」

からかいを含んだ言い方に、少しだけ照れくさくなる。もちろん社長の分もあるのだが、これは食べたいという意味だと受け取ってもいいのだろうか。

「お、お口に合うかわかりませんが……」

「ぜひ、いただきたいね。元々俺のために持ってきてくれたんだろう？」

どぎまぎして答えると間髪を容《い》れずに返事があった。確信めいた聞き方に、一瞬言葉に詰まる。そこまで期待されるようなものではないけれど、持ってきて正しかったのだと胸を撫で下ろす。

今度こそ私はそそくさとキッチンに足を運び、コーヒーを淹れる準備を始めた。

さっきまで美奈子さんが座っていた席に社長が腰を下ろし、私たちは向かい合う。

社長にはコーヒーとミルクを、私は二杯目になるので紅茶を用意した。

「今日は突然、迷惑をかけたな」

マンションの点検が無事に終わったことを告げたあと、社長が申し訳なさそうに切り出した。

「い、いいえ。あの……破談になったというのは？」

聞いていいものかと迷いつつ口にする。かなり個人的でセンシティブな話題だが、巻き込まれた身としては聞いておくべきだろう。

「いろいろあってね。俺がこの関係は続けられないと判断したんだ」

慎重に尋ねた私とは正反対に、社長はあっけらかんと答えた。私としては反応に困る。

「それは……」

なにがあったのかはわからないが、こういうとき、なんて声をかけたらいいのだろう。まったくの部外者なのに、私の方が動揺している。

「君がそんな気落ちしなくてかまわない。俺はまったく落ち込んでいないから」

「え？」

社長を見ると、彼はカップに口をつけなんでもないかのようにコーヒーを堪能している。そっとカップをソーサーに戻し、彼は背もたれに体を預けた。

「これで結婚にうるさい両親を静かにさせられるし、既婚者という肩書きも手に入ると思っていたからその点に関しては残念だが、それ以外はさほど」

彼の言葉には嘘も強がりもない。だから思わず聞いてしまった。

「社長は、MITOのご令嬢と結婚前提でお付き合いされていたんではなかったですか？」

何度かふたりで会っていたみたいだし、会社の外で私と会ったときも、彼はおそらく水戸さんと会う予定だったのだろう。結婚も考えていた相手なのに……。

「結婚前提で付き合っていたよ。ただそこにお互い気持ちがなかったんだ。親の勧めで会ってみると、彼女も結婚願望がないのに、見合いの席を勝手に設けられると嘆いていてね。利害が一致して、割り切った結婚をしようと話を進めていたんだ」

とんでもない内容に目眩を起こしそうになる。偽装結婚とでもいうのか、契約結婚とでもいうのか、私とはまったく無縁の世界だ。

おかげで破談になったにもかかわらず、彼が落胆していない理由をようやく理解する。

「社長にとっては、結婚も仕事の一環みたいなものなんですね」

つい本音が漏れてしまい、軽はずみだったかと一瞬後悔する。けれど彼は怒るどころかニヤリと口角を上げた。

「いや。仕事ならもっと落ち込んでいたさ」

いけしゃあしゃあと答える社長にどう反応するべきなのか迷っていると、彼は少しだけ視線を落とし神妙な面持ちになった。

「周りにはいつも結婚を勧められるが、俺としては正直必要性を感じないんだ。家事もできるし、仕事中心の生活に満足しているから、あえて誰かと人生を共にする気になれない。MITOの社長令嬢とも結婚してしばらくしたら別れるつもりだったんだ。さすがに別れてすぐには次の相手を勧められないだろうし、結婚に向いていないと言い訳もできるから」

飾らない本音に、私は目を見開く。そして、つい社長を見つめていると、不意に彼と目が合った。

「非難するか？」

社長が自嘲めいた笑みを浮かべながら聞いてきた。

「いいえ。そこまでして結婚しなければならないほど大変な立場にいらっしゃるんですね。相手の方が納得しているならどんな形でもいいのではないでしょうか？　結婚に対する価値観は千差万別ですから」

気を回したわけでもなく、正直に答える。結婚したくないのなら、しなければいい

と単純な私は考えてしまうが、社長や水戸さんみたいな人は、そうはいかないのだろう。

とはいえ同情とは少し違う。それは社長の望むものではないだろう。

一連の事情を聞いて納得し、私もカップに口をつけた。ダージリンの香りが鼻をかすめ、次の瞬間、口の中が潤う。

あとはしばらくしたら社長から美奈子さんに、私と別れたと告げてもらえばいい。これで私は無関係になり問題は解決だ。そのあとどうするかは社長が決めるだろう。

そこでふと気づく。

「もしもお母さまが今日みたいに突然いらっしゃるなら、週末はこちらに来るのを控えましょうか？」

今回、美奈子さんと鉢合わせしたのが偶然だったとはいえ、一度会ってしまったからには考えなければならない。それともいっそのこと、ここの担当を誰かと代わる必要があるのか。

「沢渡さん、結婚は？」

今後についてあれこれ思いを巡らせていると、唐突に社長が尋ねてきた。世間話程度に捉えて彼を見ると、その表情は予想に反して真剣そのものだ。

「どう、でしょう。私に結婚は向いていないので」

ためらいつつ答える。こう伝えると『若いのに言い切らなくても』とか『これから素敵な出会いがあるかもよ？』とフォローされるのがオチなので、我ながら上手な切り返しができないのが歯がゆいところだ。

「向いていないって……ずいぶんはっきりと言い切るね」

虚を突かれた顔をした社長は、ややあって苦笑した。

「もしかして、結婚した経験が？」

真面目な顔で問いかけられ、そこは否定する。

「それはありませんけれど、自分のことは自分が一番よくわかっていますから」

「沢渡さんなら家事も得意だし、結婚したがる男性は多いと思うけどね」

なにげない彼の言葉が、大きく刺さる。こんなことは言われ慣れてきたのに、社交辞令だとわかっていてもうまく受け止められない。

なにか、なにか答えないと。必死になり極力冷静を装って笑みを浮かべる。

「難しい、ですね。私は家事をするのも誰かのために尽くすのも、仕事だと割り切らないとできませんから」

精いっぱいの本音で答える。こう伝えて呆れられるのならそれでかまわないし、所詮はただの雑談だ。

「そろそろ帰りますね」

話を切り上げ、カップの中身を飲み干す。今日は仕事ではないし、用件は済ませた。これ以上、ここに留《とど》まる必要もない。

帰ろうと立ち上がると、社長も同じように立ち上がった。いつものパターンからすると、送っていくと言われるのだろう。けれど今日はまだ時間も早く、外も十分に明るい。

「沢渡さん」

彼がなにか言う前に、断ろうと言葉を探す。

「俺と結婚してくれないか?」

しかしまったく予想していなかった言葉が彼の口から飛び出し、耳を疑う。

なにを言われたのか理解できず硬直している私に、彼は改めて真っすぐに向き合ってきた。

「仕事としてでかまわない。俺と結婚してほしいんだ」

どうやら、私の聞き間違いではなかったらしい。

念押しするような口調と真剣な表情に、冗談で言っているのではないと悟る。けれどここの流れも彼の意図もまったくわからない。

「なに……言ってるんですか？」

驚きを通りこして、逆に淡々と返してしまう。社長は私との距離をさらに一歩詰めてきた。

「今みたいに仕事と捉えて、俺の妻になってくれないか？　もちろん報酬はしっかり支払う。さっきちょうど母に君を結婚を前提に付き合っていると紹介したし、母も沢渡さんを気に入っているようだった」

「ちょ、ちょっと待ってください」

淀みなく説明されるものの、思考が追いつかない。

「結婚って……ふりではなく？」

「ああ。籍を入れてここで一緒に暮らしてほしい。あくまでも便宜上のものだから寝室は別で。ただ、家のことを今まで通りしてくれると助かる」

次々と条件を出され、まるで仕事の交渉だ。そう、あくまでもビジネスとしての。

「仕事、として？」

最初に言われた内容を確認するように繰り返すと、社長は小さく頷いた。

「そう。沢渡さんが別れたくなったら離婚でいい」

「いいんですか？」

一生と言われたらそれはそれで困るが、まさかこちらに離婚の決定権まで渡されるとは思いもしなかった。

「かまわない。さっきも言ったように一度結婚して失敗したら、そのあとしばらく結婚を勧められることもないだろうし」

淡々と話す彼にとって、結婚とはどこまでも割り切ったものにすぎないらしい。とはいえ――。

「そう、かもしれませんが……私では水戸さんの代わりなんて到底務まりません。実は私、母子家庭で育ったんです。彼女と違って立派な肩書きとか社長に釣り合うものはなにもありませんから周りの方だってなんて言うか……」

どう考えても社長の結婚相手としては分不相応だ。もっと彼に釣り合う女性、なんなら社長と同じように割り切った結婚を望む人も探せばきっといるだろう。

「彼女の代わりにしようとはまったく思っていないし、肩書きも必要ない。誰でもいいわけじゃないいんだ。君だから言っている」

ところが、あまりにも臆面なく告げられ、動揺してしまいそうになる。

社長は私の家事代行業者としての腕と結婚観から私にこんな話を持ちかけているだけだ。強制でもなければ、拒否権だって私にはある。

そもそも子どもとか、どうするつもりなんだろう。逆に私が離婚を言い出さなかったら婚姻期間はいつまでになるの？

私は社長と目を合わせ、微笑む。とびきりの営業スマイルだ。

「仕事なら、契約書をいただけませんか？　詳細な雇用条件を確認したうえで判断させてください」

社長は意表を突かれた顔をしたが、すぐに口角を上げニヤリと笑った。

「すぐに用意するよ」

あれこれ疑問が湧き上がるのは、私の中で断るより受ける方に気持ちが傾いているからだと気づいた。水戸さんとはどんなやりとりを交わしたのかな？　少なくとも水戸さんは契約書を作れなんて言わなかっただろうな。

第三章　履歴書以上の情報も夫婦なら必要ですか？

暖かくなったり、寒くなったりを繰り返し、春の到来とまではいかないが、寒暖差に体調を崩しがちになる二月下旬。今日も日中は三月上旬並みの気温があり、コートどころかセーターでさえ不要だと思ったのに、また週末は寒くなるらしい。

「結婚⁉」

「うん、だめかな？」

珍しく私から伯母の家でご飯を食べたいと伝えると、伯母は私の好きなものをたくさん作ってくれた。伯母の作る豚汁はとくに美味しくて、レシピを聞いて何度も作っているけれど、どうしても同じ味にならない。ここでしか食べられないのだ。

箸を動かしながらさりげなく結婚する旨を伝えると、伯母は驚きのあまり汁椀を取り落としそうになった。持ち前の反射神経で回避したものの目を白黒させてこちらを見ている。

社長は言葉通りすぐに契約書を作成し、それを基に私は改めて選択を迫られた。一緒に暮らすが、寝室は別で私の自室を用意する。子どもも夫婦の営みも必要ない。

私は基本的に家事全般を担い、外では必要に応じて彼の妻として振る舞う。逆に言えば、マンション内では私は家事代行業者として働き、仕事を終えたらあとは好きに過ごしてもいいという話だ。

提示された支払い金額は相場よりもはるかに高くて驚きを隠せない。

『こ、こんなにいただけません』

『かまわない。あと、いくらこの結婚を仕事として受けてもらうとしても、他の異性と関係を持つのはやめてほしい』

その場合は先に離婚を申し出るように言われ、ひとまず頷く。正直、杞憂だとは思うが、これも彼の律儀さか。

『社長こそ他にお付き合いしたい方や、結婚されたい方がいたら遠慮なくおっしゃってくださいね』

力強く答えると彼は苦笑した。

『その答え……俺と結婚するつもりだって受け取っていいのか？』

彼の言葉に顔がかっと熱くなる。まだ契約内容の確認をしている途中なのに。けれど私の結論は決まっていた。

私は真向かいに座る社長の顔をしっかり見つめる。

『はい。正直、家事の経験はあっても妻の経験はないので、至らないところはあると思いますが……。どうぞよろしくお願いします』

深々と頭を下げる私に、社長はそっと手を差し出してきた。

『お願いするのはこちら側だ。よろしく頼むよ』

顔を上げ、困惑気味に微笑む彼の表情に少しだけ胸が高鳴る。

でも入籍するとはいえ、このやりとりが証明しているようにこれは雇用関係の延長線上にある結婚だ。

ぎこちなく私も手を差し出すと、指先が触れ合い思ったよりも力強く握られた。

きっと今までの私ならこんな話は受けなかっただろう。そこまでお金に困っているわけでもなければ、困っている社長のためだとか献身的な意味もない。

『誰でもいいわけじゃないんだ。君だから言っている』

ただ、あの言葉が嬉しかった。それに私も、相手が誰でも承諾したわけじゃない。仕事を通して社長と過ごし、彼とならこういった形で結婚してもいいと思えた。こういった形だからこそ、と言うべきか。　もちろん雇用関係で成立している結婚であることは他言無用で、ひとまず伯母に社長と結婚する旨を報告する。クライアントと結婚するなど、経営者の伯母としては正直どうなのだろう。

姪としてよりも紅のスタッフとして緊張してしまう。

「おめでとう！　それにしても急ね。余計なお世話かもしれないけれど、未希が進藤さまの家のことをしていたのはあくまでも仕事だからで、結婚した以上、同じようにはいかないっていうことを相手はちゃんと理解されているの？」

伯母の心配にドキリとしつつ私は頷く。この仕事をしていると、家事ができることだけで判断する人も少なくない。私と同じ独身のスタッフは、家事代行サービスに向かった老夫婦にお孫さんとの結婚を勧められて大変だったと前に話していた。

家事ができるのを長所として評価されるのはありがたいが、それを打算的に捉えられるのは本意ではない。社長はどうなのだろう。

「うん。大丈夫。隼人さん自身も家事ができるし」

半分事実で半分嘘だ。社長の思惑が私に家事をしてもらうことだとしても、私と彼の結婚は雇用契約によるものなので、文句は言えない。結婚しても家事は私が引き受ける。けれどそこまで伯母に話す必要はない。

「なら、いいわ。それにしても、未希が結婚なんて……本当におめでとう」

にっこりした伯母の目尻に皺が刻まれる。嬉しそうな声と表情にわずかに罪悪感が募る。

「ありがとう。今度、隼人さんが挨拶に来たいって言っているんだけれど、紅実伯母さんはいつが都合がいい？」

社長に挨拶の段取りについて言われていたので、そちらの話題に移る。伯母は鞄から手帳を取り出した。ページをめくりながら、伯母がふと思い出したように口を開く。

「そういえば、真実《まみ》には、もう伝えたの？　なんて？」

真実というのは私の母の名前だ。悪いことをしたわけでもないのに、伯母の質問に気まずい気持ちになる。

「うん。メールで一応、伝えたけれど……」

ぎこちなく答えると、伯母はわずかに眉をつり上げた。

「相変わらずね、あの子は。娘のことだっていうのに」

珍しく嫌悪感のまじった口調に私は慌ててフォローを入れる。伯母と母は実の姉妹だが仲はあまりよくない。

「大丈夫。今更だし。伯母さんが会ってくれたら十分だよ。私のお母さんは実質、紅実伯母さんみたいなものだから」

「未希……」

そこから話題を変え、楽しく食べ進める。結婚したら、こうやって伯母の手料理を気軽に食べられないのかと思うと少しだけ寂しかった。

結婚してもひとり暮らしのアパートは残してもいいかと社長に尋ねたが、それについては渋い顔をされた。傍《はた》から見るとやはり不自然だろう。実家もあるし、伯母にもツッコまれそうだ。

引っ越しすることまでは考えていなかったので、結婚を決めてから私は大急ぎで荷物をまとめなくてはならなかった。

日曜日の昼下がり、隼人さんのマンションの一室で私は荷ほどきにかかっていた。すべてではないが必要なものはアパートからだいぶ運び込めた。今日からここが私の生活の拠点となるのだと思うと、なんだか不思議だ。今まで通っていた場所で暮らすなんて。

そのときスマホが鳴り、ディスプレイに表示された名前を確認した私はコートを羽織り慌てて玄関の外に出る。マンションの駐車場まで下りていき、いつもの場所に駆け寄った。見慣れた車が停まっていたので近づくと、運転席の窓が開く。

「お疲れさまです。お仕事大丈夫ですか？」

隼人さんは今日も仕事があって出社していた。

「走る必要はないんだぞ?」

頭を下げる私に、呆れた声が返ってきた。たしかに今の格好からすると、あまりお行儀がいいとは言えないかもしれない。とはいえ……。

「いえ。お客さまを待たせるわけにはいきませんから」

真面目に答えて、これでよかったのかと一瞬迷う。けれど私は彼に雇われている立場なので、間違ってはいないはずだ。

今日は伯母のところに挨拶をしに行く予定になっていた。仕事もありスーツを着ている隼人さんに対し、私は一応ワンピースを選んだ。あくまでも身内に対してなのでそこまで張りきる必要はないと思いつつ、伯母の家に行く前に隼人さんとランチをする予定になっているので少しだけ張りきり、フレア袖が可愛いピンクベージュのミディ丈のものにした。

何度か乗せてもらっている助手席に乗り込み、スカートの裾を整える。続いて彼の方を見ると、なぜか隼人さんはこちらをじっと見つめていた。

「どうされました?」

「いや。未希がそういう格好で俺に会ってくれるのは初めてだな、と思って」

彼の指摘に反射的に羞恥心から顔を背けそうになった。家事代行業者としてマンションを訪れる際は、清潔感を意識して極力シンプルな服装を意識していたから当然と言えば当然だ。さらには結婚を決めてから、なんのためらいもなく彼から名前で呼ばれるようになり、この展開に正直、ついていけていないところもある。

「どこかおかしいですか？」

目線を逸らしたくなったのもあって、自身の服装に目を向け確認する。気合いを入れすぎだと思われたのか、またはその逆でもっと気合いを入れてお洒落をするべきだったのか。

「いや、よく似合っている。今日は俺のためにも着飾ってくれたんだろ？」

隼人さんの言葉で思考が止まる。〝今日は〟という言葉が少しだけ引っかかったが、あえて尋ね返すほどでもない。

「そうですよ。でも、ついさっきまでこの格好で荷ほどきしていましたけどね」

「未希らしいな」

ふっと微笑まれ、私はもうなにも言えなくなった。ゆっくりと車が動き出し、わざとらしく窓の外に視線を遣る。

しばらくして車が停まったのは、大通りから外れたところにある、立派な一軒家だった。緑豊かな広い庭と貫禄のある昔ながらの建物は、一見するとお店には思えない。しかし隼人さんについて玄関に向かうと、小さな木の看板がある。

中に入ると、木を基調としたインテリアは温もりと歴史を感じさせ、仕切りを取り除いた広々とした空間には、縁側から太陽の光が入っていた。シャンデリアや洋花などヨーロッパテイストも組み合わさりレトロな雰囲気を醸し出している。

「素敵」

室内をまじまじと見つめ、感嘆の声を漏らす。

「気に入ったか？」

「はい。すごく落ち着きますね。なんだか遠くに来たみたいです」

隼人さんの問いかけに笑顔で答える。

「それはよかった」

彼の柔らかい表情にドキッとする。そしてすぐに我に返った。あくまでもスケジュールの都合上、こうして外で食事を一緒にするだけで深い意味はない。これも仕事なんだからはしゃいでどうするのか。

続いて奥の個室に案内され、着席すると間を置かずに料理が運ばれてきた。

蓮根まんじゅうにぶりのごまだれ漬け、春菊の白和えがひとつの皿に綺麗に盛りつけられている。すぐに箸をつけずに、仕事の参考にするためにも彩りや配置などをつい確認してしまう。

「職人の目をしているな」

隼人さんの指摘に顔を上げると、彼はおかしそうに笑っている。

「す、すみません。つい」

「いいや。未希らしいと思って」

それはどう受け取ればいいのか。恥ずかしさを誤魔化すように「いただきます」と手を合わせてから箸を取る。

蓮根まんじゅうはすっと箸が通って口に入れる前からふわふわなのが伝わってくる。

その予想は的中していて、口の中に入れると滑らかな舌触りと角切りの蓮根の食感が楽しく、味も文句なく美味しい。

「隼人さん、素敵なお店をご存知なんですね」

「ああ。ここは知り合いに教えてもらったんだ」

社長という立場だからか、彼の育った環境か。ますます住む世界が違うと実感する。

彼の箸の持ち方はもちろん、食べ方も上品で優雅だ。

こうして今までいろいろな人と食事する機会があったのだろう。

ここ、水戸さんとも来たのかな？

そこでふと気になり、口にはしないがちらりと目の前の隼人さんをうかがう。すると不意に視線が交わった。

「俺も初めて来るが、創作料理をメインにしているから未希が好きそうだと思ったんだ」

さりげない彼の言葉に、心臓が跳ねる。すぐさまうつむき、全身に広がる動揺を抑えようと体に力を入れた。

自分でもわけがわからない。けれど胸が苦しくて、味も感じなくなる。

「あり、がとうございます。すごく美味しいです」

そう答えるのが精いっぱいだ。続けて平静を装いながら調子を取り戻す。

「気に入った味とかあったら教えてくださいね。今後の参考にしますから」

「気に入ったらまたここに来ればいい。未希の料理は十分旨いよ」

仕事を評価してもらえるのは嬉しい。けれど感じるのはそれだけではない。私のためにとこのお店を選んでくれたことや、彼とのやりとりのひとつひとつが優しくて嬉しい。

「ありがとうございます」

それから料理に舌鼓を打ちつつ隼人さんと他愛ない会話をする。恋人や夫婦と呼ぶには硬すぎるかもしれないが、少しだけ彼との距離が近づいた気がした。

隼人さんに改めてお礼を言い、車に乗り込む。ここからが本番だ。そこで私は疑問を口にする。

「あの、そもそも私たち、どういう経緯で結婚したことにしましょう？」

今から伯母に挨拶をしに行くのだが、あまり具体的な話は詰められていない。本当はさっきの食事のときに話すべきだったのかもしれないが、つい忘れていた。依頼主と家事代行業者として出会い、偶然同じ会社の社長と契約社員であったことに縁を感じて……。第三者に話すのはこれくらいでいいのだろうか。

「俺が未希に一目ぼれした、でいいんじゃないか？」

「それはどう考えても無理があります」

隼人さんの回答を即座に否定する。今は冗談を言っている場合ではない。

「そこまで言わなくてもいいんじゃないか？」

前を向いている彼は苦笑いしている。私は唇を尖らせた。

「言いますよ。ただでさえ私たちの結婚は絶対に驚かれますし、信じられないという人が圧倒的なんですから」

偶然が重なっただけで結婚するなら、彼はもうとっくに違う女性と結婚しているだろう。

「周りは関係ない。未希に家事代行を継続して頼んだのも、この結婚を申し出たのも、未希とのやりとりがあって決めたことだ」

しみじみと呟かれ、なんだか照れくさくなる。人たらしとでもいうのか、人の上に立つ存在の資質とでもいうのか。いつも彼の評価はストレートだ。

「それにしても小松社長はもちろんだが、お母さんに挨拶しなくていいのか？」

別の話題を振られ、気持ちがすっと冷静になる。

「ええ。メールでは伝えていますし、とにかく仕事が忙しい人なので……」

とはいえ娘の結婚相手が挨拶に来るというのだ。普通なら時間を空けるなり、作るなりするだろう。けれど母は普通ではないのだ。

そういえば母の勤め先を彼に伝えていなかった。念のためと思い、口を開く。

「あの、言いそびれていましたが実は母の勤め先はＭＩＴＯの本社なんです」

ＭＩＴＯと言えば隼人さんが結婚前提でお付き合いしていた水戸直子さんのお父さまが経営している会社だ。妙なつながりを隼人さんはどう感じるのか。

隼人さんはこちらをちらりと見たが、特段なにも言わない。そのせいで私は聞かれてもいないのに、我が家の事情を語り出す。

「母はずっと憧れていた会社に就職したんですが、勤めて二年目の頃に付き合っていた相手との子どもを身ごもりまして……。それが私なんですが、完全に予想外だったみたいです。結局、結婚はせずに出産したのですが、元々キャリア志向だった母は産後、私を保育園に預けすぐに仕事に復帰して、それからずっと仕事一筋なんです。出張も多い立場らしくて……」

隼人さんや水戸さんの件とは関係なく、母との挨拶にうしろ向きの理由を説明する。

「それは、大変だったんだな」

労いの言葉をかけてきた隼人さんに小さく頷いた。

「ええ。やっぱりシングルマザーだと」

「未希が、だよ」

強く言い直され目を丸くする。そうしている間にさりげなく頭に手が伸びてきた。

「頑張ってきたんだな」

まさかそんなふうに言ってもらえるとは思ってもみなかった。おかげでどう反応していいのかわからず困惑してしまう。

さっと手は離れたのに、手のひらの感触や温もりがやけに残っている。それを誤魔化したくて今度は私から尋ねた。

「隼人さんの方は、逆にたくさんの方に挨拶する必要がありそうですね」

わざとおどけて言ってみる。そもそも私との結婚は、彼の両親からの度重なる結婚を迫る声をかわすためだ。

「うちは未希とは逆で、過干渉で鬱陶しくてどうしようもなかったよ」

そう語る隼人さんの声は苦々しげで、私は思わず彼の方を向いた。

「昔は両親共に厳しくて今以上に口うるさかったんだ。シャッツィの跡取りとして、勉強はもちろん、付き合う人間や習い事、食べるものにまで口を出されてきた」

私には想像もつかない世界だ。生まれたときから後継ぎとして未来を決められた、社長令息という立場は、一見なにもかも手に入りそうな環境で羨ましいとさえ思う人もいるだろう。けれどその分、他の人がしないような苦労もたくさんしているんだ。

「早く独立してひとりになりたかった。親や周りに口出しされないように会社の経営も結果を出そうと必死でやってきたんだ」

『あえて誰かと人生を共にする気になれない』

わざわざ雇用関係を結んでまで結婚するなんて……と思ったが、彼の結婚するつもりがないという意思は、思った以上に根深く強固なものらしい。

そのとき伯母の自宅の前に車が停まった。シートベルトを外し彼が扉を開ける前に宣言する。

「隼人さんの気持ちはわかりました。結婚するとはいえ、私は雇われた身なので必要以上に干渉しませんから。極力黒子に徹します。だから安心してご自分のペースで過ごしてくださいね」

自分の胸をトンッと叩く。すると彼はなぜが目を丸くし、ふっと笑みをこぼした。

「とてもじゃないが、今から結婚の挨拶をしに行く新妻の台詞とは思えないな」

隼人さんが望んだ状況とはいえ、改めて指摘されるとなんだか妙なおかしさが込み上げてきた。

「本当ですね」

つられて私も笑顔になる。一緒に食事をしてわずかに距離が縮んだからか、ふたりで笑い合い、今初めて一番夫婦らしい瞬間だと思えた。

伯母への挨拶は予想以上に話が弾み、滞りなく終えることができた。隼人さんと伯母は直接顔を合わせるのは初めてだったが、紅への依頼を通して何度かやりとりをしていたので、初めて知る仲でもなく、全体的にリラックスした雰囲気で盛り上がった。

『たしかに未希は家事が得意ですけれど、家庭ではたまには労わってやってくださいね』

『進藤さん。未希のこと、よろしくお願いします』

結婚する私を心配して、伯母は何度も隼人さんに頭を下げていた。その姿は母親さながらで、純粋な結婚ではないことにわずかに罪悪感が募るが、一方で伯母が安心した面持ちでいることに、やはり結婚を決めてよかったと思う。

「隼人さん、ありがとうございました」

車に乗り込んで、彼にお礼を告げる。すると隼人さんは不思議そうな面持ちになった。

「どうした?」

「あんなに嬉しそうな伯母、久しぶりに見ました」

正直に答えると、隼人さんはシートベルトをしながら言う。

「そうだな。小松社長が未希を大切に思っているのが、十分に伝わってきたよ」

「結婚って周りを安心させるためにするものでもあるんでしょうね」

隼人さんはご両親がうるさいからこのような形だけの結婚を望んでいるが、そこには両親を安心させるという意味もあるのだろう。大人になっても、親とはいつまでも子どもを心配するものなのかもしれない。

不意に胸がチクリと痛み、それを誤魔化すように隼人さんに告げる。

「よかったら少しだけ実家に寄っていただけませんか？」

引っ越しを前に取りに行っておきたいものがある。ちょうど伯母の家から私のアパートへ行く途中に実家があるので、ついでだと思い口にした。行きは時間がなかったが、今ならかまわないだろうか。

そこで自分の立場を思い出し、内心で慌てる。彼のお願いを聞く立場ではあるが、私がお願いしてもいいのだろうか。

「わかった。この大通りを真っすぐ進んだらいいのか？」

ところが隼人さんは気にするそぶりもなく尋ねてきた。悶々としていた私は急いで答える。

「あ、はい。次の右手にあるコンビニのところを曲がってください」

指示を出すと、車内にウインカーの音が響き車はゆっくりと右折レーンに入る。

「すみません、お忙しいのに」

時間をかけるつもりはないが、彼の都合を聞かなかったことを悔やむ。

「いいや。妻の実家を一度は見ておくべきだろうから」

小さく謝罪する私に、彼は軽やかに返してきた。真面目に言っているのか、冗談で言っているのか。判断はつかないが、隼人さんの返答に少しだけ胸が軽くなる。

「ありがとうございます。そんないいものではないですが」

実家は一軒家ではなく、マンションの一室だ。隼人さんの部屋に比べると広さも綺麗さも圧倒的に劣っているが母とふたりで暮らすには十分な物件だった。当時は新築だったマンションも築二十年以上になり、私はここで子供時代を過ごしてきた。

大学に進学するため実家を離れてからは、あまり戻ってきていない。今みたいに必要な荷物を取りに帰るときくらいだ。

マンションの来客用駐車場に車を停めてもらい、私はシートベルトを外す。

「すぐに戻りますので、少し待っていていただけませんか？」

「俺も行ってもかまわないか？」

「え？」

社長の切り返しに目をぱちくりさせる。

「言っただろう。妻のことを知っておきたいんだ」

先ほどの言葉は真面目に言っていたらしい。たしかに、結婚するにもかかわらず相手の実家に行ったことがないというのは不自然かもしれない。誰かに尋ねられても困るだろう。

私たちの関係の実態はともかく、隼人さんにとってはこの結婚を極力自然なものにしないといけないんだ。

「あの、とくになにもありませんが、よかったらどうぞ」

考えを改め隼人さんに告げると、彼も車を降りた。

十五階建てのマンションの十階に部屋はある。私自身、実家に足を運ぶのは久しぶりだが、いつもの様子を考えると彼を招き入れてもなんの問題もないだろう。

エレベーターで十階にたどり着き、隼人さんの半歩先を歩く。隼人さんの隣に並ぶと、改めて思った。

すらりと背が高く、おそらくオーダーメイドなのか体にフィットしたスーツは高級感にあふれ、皺ひとつない。合わせている黒のシンプルなコートもよく似合っていて、彼のスタイルのよさを際立たせていた。

所作のひとつひとつが優雅で無駄がなく、彼の育ちの良さがうかがえる。運転する横顔も、怖いくらい整っていてあまり直視できなかった。

自分とは住む世界がまったく違う。慣れていない。形だけとはいえ彼の妻が務まるだろうか。

不安を抱きながら歩を進めていると、部屋の前にある人物が立っていた。

思わず立ち止まり、声を漏らす。向こうもこちらに気づき、目を向けてきた。

「おかあ、さん」

「未希？　ちょっと紅実からも聞いたわよ。結婚するって本当？」

肩下まで伸びる豊かな髪はゆるくウェーブがかかっていてきっちり染められている。黒のジャケットにテーパードパンツを組み合わせた、いつもの仕事スタイルだ。

メイクもアクセサリーもばっちりで、五十近い年齢だが、若々しくも貫禄はしっかりある。やや冷たそうな印象を抱かせる目元は私とは雰囲気が異なるが、それでも昔から母に似ていると言われ続けてきた。

呆然とする私に対し、隼人さんが隣に並んで母に頭を下げた。

「初めまして、進藤と申します。このたびは未希さんとの結婚を」

「存じ上げていますよ。シャッツィの若き優秀な社長として有名な進藤隼人さん」

隼人さんの言葉を遮り、パンプスのヒールをカツカツと鳴らしながらこちらに近づいてくる。

「話を聞いたときは驚きました。私はＭＩＴＯに勤めているんですが、社長令嬢の直子さんのお相手として進藤さんを認識していたので」

母の発言にドキリとする。やはりＭＩＴＯでも隼人さんと直子さんの関係は囁《ささや》かれていたのだろう。とはいえ、ここで本人に直接その話題を振るのはどうなのか。仮にも娘の相手として連れてきたのに……。

隼人さんが不快になっていないかとハラハラするがなにも言えない。

「親同士が結婚を勧めてきたので、彼女とは何度か会いましたが、それだけです。不安に思われているかもしれませんが、未希さんと出会って、自分から結婚したいと初めて思えたんです」

隼人さんのフォローに胸が熱くなる。しかし母は小馬鹿にしたように笑った。

「不安、だなんて。逆ですよ、直子さんではなく本当にこの子でいいんですか？」

母の切り返しに、隼人さんは驚いた顔になる。

「この子が結婚ねぇ……。向いていないと思うんです。私もそうでしたから」

そう言ったあと母の視線は私に移った。

「未希も私を見てきたならわかるでしょ？　子どもを作って離婚ってなったら大変なんだから慎重になりなさいね。別れたあとは足枷《あしかせ》にしかならないんだから」

「お母さん！」

たしなめるように母を呼ぶ。さすがに失礼だ。私に対してはともかく、結婚の挨拶をしに来た相手の前で離婚した場合の話をするなんて。

しかし母はまったく悪びれる様子がない。

「なに？　本当のことでしょ。未希みたいに契約社員とか適当な立場ならわからないかもしれないけれど」

見下したような笑みに、唇を噛みしめる。これ以上の問答は無用だ。母は変わらない。すると突然、支えるように肩に腕を回され、隼人さんに抱き寄せられた。

「いろいろとご心配をおかけして申し訳ありません。ですが娘さんは必ず幸せにしますし、手放すことなど考えていません。私には未希さんが必要なんです」

あまりにも淀みなく隼人さんが言い切るので、とっさにすぐそばにある彼の横顔をじっと見つめた。彼の視線は母に向けられたままで、なにを考えているのかまでは読めないが、肩に回された手は力強く、庇われているのだと実感する。

ストレートな隼人さんの言葉に、母は一瞬目を見張ったがすぐに笑みを浮かべた。

「そうですか？　娘は気が利かないし、余計なことばかりをして進藤さんを煩わせないといいんですけれど……。そういえば、どうしてこちらに？」

「ちょっと荷物を取りに来たの」

隼人さんに対する質問を遮るように、私は強く言い切った。続いて母の方を見ないまま彼に声をかける。

「ごめんなさい。すぐに取ってきますね」

「わざわざそんなことに付き合わせたの？　相変わらず気が利かないわね」

母のため息交じりの反応を無視して、私は部屋の中へ急いだ。

「私が同行を申し出たんです。結果的にお母さまに会えてよかった」

隼人さんがフォローしているのが聞こえる。早く戻らなければとパンプスを脱ぎ捨て、自室に突き進む。相変わらずあまり生活感のない家だ。

高校を卒業して出ていったままの部屋は、ある意味とても懐かしい。クローゼットを開けて、目当ての紙袋をふたつ手に取り、慌てて戻る。

母は隼人さんに笑顔で話しかけていた。

「頼んでもいないのに勝手に料理をしてね……。無駄なことばっかり。独りよがりなんですよ、あの子は」

母が話している内容に私は硬直した。けれどすぐに我に返って声をかける。

「お待たせしてごめんなさい」

わざとらしくやや大きめの声にふたりの意識がこちらに向き、私は紙袋を抱えて隼人さんのそばに近づいた。

「未希が未熟なことちゃんと伝えておいたわよ。返品されても困りますからって。愛想尽かされて失望されないようにね」

「……お母さん、忙しいんじゃないの？」

隼人さんがなにか言い返そうとしたが、その前に私が口を開いた。母は髪を耳にかけ、腕時計を確認する。

「そうそう、もう行かないと。でも、いいタイミングで会えてよかったわ」

「お忙しいところすみませんでした」

隼人さんの謝罪に母は笑顔で返す。

「いいえ。シャッツィの社長さんに一度会ってみたかったので、お会いできてよかったです。じゃあね、未希」

それから母は私たちの横をすり抜け、エレベーターの方へ向かう。そのうしろ姿を見つめるが母が、こちらを振り返ることはなかった。

「あの、母が突然……すみませんでした」

廊下に再び静寂が戻り、気まずい空気に耐え切れず私は口を開く。

「未希が謝る必要はないだろ」

すかさずフォローされ、逆に胸が軋《きし》んだ。隼人さんが気を悪くしてもおかしくはない立場なのに。

「せっかく来てくださったんですが、荷物は取ってこられたので」

「そうだな。もう行こうか」

そう言って隼人さんは私が抱えていた紙袋をさりげなく持った。

「あっ」

「けっこう重いな。お目当てのものはこれだけか?」

「はい。ありがとうございます」

お礼を言いながら自分の声があきらかに沈んでいるのがわかった。隼人さんに心配をかけるわけにはいかないのに。

行きの和やかな雰囲気とはまったく異なり、なんとも重たい空気が車内を包む。

「お母さんは、いつもあんな感じなのか?」

あんな感じ、というのが具体的にどういうものを指しているのか、はっきりとはわからないが、なんとなく彼の言いたい内容を汲み小さく頷く。

「はい。あの、ものすごく仲のいい親子というわけではないですが、お金で不自由もせず大学まで行かせてもらいましたし、感謝しています。ただ、話した通り母は仕事が一番大切で生きがいなので、幼い頃は私がずいぶんと煩わせてしまったみたいで……」

母にとって私は、今も昔もできない娘のままだ。母ができる人だから余計にそうなのだろう。

そこで再び会話が途切れる。ふうっと長く息を吐き、私はぼんやりと外の景色を眺めた。

「今日はありがとうございます。お疲れさまでした」

マンションにたどり着き、降りる際に彼に声をかける。次は隼人さんのご両親に挨拶に行く番だ。緊張するが、仕事だと思うと不思議と割り切れる。少なくとも母と彼が会うところを想像するよりはマシだ。結局、会ってしまったけれど。

紙袋に手を伸ばそうとしたら、先に隼人さんがそれを手に取った。

「運ぶよ」

「だ、大丈夫です」

雇用主にそんな手間をかけてはいけない。とはいえそれなりの重さがあるのは事実だ。しかも紙袋が思ったより傷んでいて中身が重いので、下手な持ち方をしたら底が抜けるか破れるかもしれない。

「いいから。大事なものなんだろう?」

さっさと彼が歩を進めるので、ここは素直に甘えておくことにする。大事かと聞かれたら、なんとも言えないが。

「ありがとうございます」

素直にお礼を告げ、彼と共にマンションの部屋へ向かう。隣に並んでエレベーターを目指しながら、なんだか彼と一緒に向かうことが、妙に気恥ずかしく感じる。

自室が別にあり、あくまでも私の役割は仕事として家事を担うことで、いわゆる普通の結婚とはまったく違う。わかってはいても、男性と共に暮らすなど初めての経験だ。

隼人さんの優しさに勘違いしそうになるが、元々真面目な性格なだけで彼はどこまでいっても私を家事代行業者の延長としか見ていない。意識する方が失礼だ。

部屋に着き、隼人さんから荷物を預かって自室に向かう。

「ありがとうございます。私、着替えますね」

ろくに彼と目を合わせられないまま部屋に逃げ込む。古びた紙袋の中身をちらりと確認し、部屋の隅に置く。整理するのは荷物と一緒でいいだろう。

今はさっさと着替えて自分の仕事をしなくては。

セーターにジーンズという動きやすい服装に着替え、リビングに向かう。するとキッチンには隼人さんの姿がありコーヒーのいい香りが漂っていた。

「未希も飲むだろう？」

「す、すみません。私がするべきだったのに」

さりげなく尋ねられ、急いで隼人さんのそばに行き隣に並ぶ。どうしよう。家事代行業者として頑張ろうと思った途端、さっそくやってしまった。

「隼人さん、座っていてください。あとは私がやりますから」

「かまわない。疲れただろうから座っておけ」

疲れているのは朝から仕事をして、運転までしていた隼人さんの方なのでは？

言い返そうとしたがこれ以上は不毛な気がして、私は話題を変える。

「ありがとうございます。今日のお夕飯、隼人さんのお好きなものを作りますよ。リクエストがあったらなんでも言ってください！」

力強く告げ、隼人さんの返答を待つ。

「オムライス」

「え？」

ぽつりと呟かれた言葉につい声をあげてしまった。続いてコーヒーメーカーに注がれていた彼の視線が、こちらにゆっくりと向けられる。

なにかを訴えかけるような瞳は、まるで私の言葉を待っているみたいだ。いろいろな感情と記憶が交ざり合い、戸惑いが起こる。

「あ……母から聞いたんですか？」

なんでもないかのように答えたものの声が震えていた。隼人さんは否定しない。彼がオムライスと言った理由に納得しつつ、今度は私が前を向き彼から目を逸らす。

小学三年生のとき、母の日に贈るものを迷っていたら、ちょうど子ども向けの料理番組で当時の私と同い年くらいの女の子がオムライスを作っているのを見て閃《ひらめ》いた。

それまで母がいないときに、トーストやおにぎりなど簡単な料理はしたことがあるが、母の分までなにかを用意したことはない。料理が好きになっていた私は、お小遣いを握りしめ、近所のスーパーに材料を買いに走った。

チキンライスは鶏ではなくハムを使い、炒めずにご飯に混ぜる形で、比較的簡単にできた。卵は少し破れたけれど我ながら上手に仕上がり、あとは母が帰ってくるのを待つばかりだ。

テレビで見たその子もお母さんに作って喜ばれていた。

母の反応を想像するとワクワクして、帰ってくるのがいつも以上に楽しみになる。

「でも、帰ってきた母には余計なことをして！ってすごく怒られたんです」

苦笑しつつ極力明るく説明した。

『どうしてこんな余計なことをしたの！　お母さん、頼んでないわよ。キッチンを汚して、お小遣いも無駄にして』

すごい剣幕で叱られ、私は一瞬で涙目になった。

『ごめん……なさ』

『本当にろくなことしないんだから。今日はお母さん、疲れているから夕飯はいらないわ。それ、未希が自分で食べなさい』

さっさと自室に入っていった母を尻目に、私はひとりで食卓につき、冷めたオムライスを食べた。ちょっとケチャップが多かったが、味は悪くない。味見をしたときは美味しいと思ったのに、どう頑張ってもそのときは美味しいと思えなかった。

苦しくて切ない。その感情とあの味が、いまだにずっと残っている。おかげで、あれからオムライスを作ることだけはしていない。幸い仕事でリクエストされたこともなかった。

『頼んでもいないのに勝手に料理をしてね……。無駄なことばっかり。独りよがりなんですよ、あの子は』

母は、世間話のようにあのときの話をよく口にする。そのたびに私は居た堪れない気持ちになるが、事実だからなにも言えないでいた。

「勝手にキッチンを使って、必死になって……。今思うと母の言う通り、完全に独りよがりだったんですよね」

自分の気持ちを奮い立たせるためにも隼人さんに笑顔を向けた。しかし彼はこちらをじっと見つめたままだ。

次の瞬間、彼の手がすっと頭に伸びてきて優しく撫でられる。思いがけない行動に私は目を丸くした。

「なん、ですか？」

「そのときの未希に会ったら、俺は喜んで食べていたよ」

からかうでも同情するでもなく、真面目な顔で言われ、ますます私の心の中は乱れる。適当に聞き流してくれてかまわない。子どもの失敗として笑ってくれたらそれでいい。

けれど、伝わってくる手のひらの感触や温もりに、なんだか目の奥が熱くなる。

「それは……ありがとうございます」

かすれた声でそう答えるのが精いっぱいだった。だめだ。隼人さんに気を使わせるわけにはいかない。

「実は今日実家から持ってきた紙袋の中身、料理の本がほとんどなんです」

続けて、誤魔化すように私は明るく話す。

留守がちな母のために少しでも役に立とう、今度は褒めてもらえるようにと私は本を見ながら料理や洗濯、掃除の仕方などを覚えていった。

何度も繰り返し読んだ本の中身は、ほとんど頭の中に入っている。けれど隼人さんと結婚するにあたって、初心に返ろうと思った。

勝手なことはしない。相手の望むことだけをするんだって肝に銘じるためにも。

「そ、それでお夕飯はどうしましょうか？」

気を取り直して改めて尋ねると隼人さんの手が止まった。

「だから、オムライスだよ。未希が初めてひとりで作った料理、俺も食べてみたいんだ」

どうやら彼は本気らしい。気を使われたのかと思ったが、これ以上拒否するのは失礼だ。

「ずっと作っていなかったので……あまり味に自信はないのですが……」

この発言はプロ失格かもしれない。けれど隼人さんは笑った。

「いいよ。当時のやり方で作ったらいいんじゃないか？」

その笑顔に胸が勝手に高鳴る。彼がわからない。干渉するのもされるのも嫌じゃなかったの？　それとも私がかわいそうだと思った？

こんなに緊張して料理をするのは久しぶりだ。鶏肉を使ってフライパンで炒めてチキンライスにしようと思ったが、隼人さんの希望もあり当時の作り方でやってみる。

お米は固めに炊いて、玉ねぎやニンジン、ハムなどの具材は一口サイズに刻んで先にレンジで火を通しておく。コンソメと砂糖、ケチャップとバターを混ぜて味付けの素になるものを作り、炊きあがったご飯とすべてを混ぜ合わせ、チキンライスならぬケチャップライスは出来上がりだ。

もらっている食費やお給料を考えると、こんなに簡単なものでいいのだろうか。不安になりながら固めの卵で包み、オムライスは完成だ。せっかくなのでスープとサラダも用意する。

完成し、自宅で仕事をしている隼人さんを呼びに行った。

「お、旨そうだな」

ダイニングにやってきた彼は、用意されたオムライスを見て感想を漏らす。そう言ってもらえて一安心だが、味はまだわからない。

席に着いた彼に飲み物はなにがいいのか尋ねる。アルコールを飲むのかと思ったが、意外にも隼人さんはミネラルウォーターを指定してきた。

「未希は食べないのか？」

ミネラルウォーターをグラスに注いでいると彼から尋ねられる。

「あとでいただきます。まずは隼人さん、どうぞ」

今日の昼食は外だったからともかく、雇われている身としては、雇い主と同じように食事をするのはどうもためらわれる。

「かまわない。夫婦で食事を共にしないのも妙だろう」

「ですが……」

たしかに家事代行業者としてならきっちりと線を引くべきだが、私たちはその前に一応夫婦としての関係もある。まだ隼人さんのご両親への挨拶も残っているし、不自然ではない程度に夫婦らしくしておかなければという彼の意図もあるのかもしれない。

「無理にとは言わないが、その方が片づけもまとめてできるんじゃないか？」

ところが、続けられた彼の言葉につい噴き出しそうになった。そういう観点で言ってくるとは、やはり彼は家事ができる人なのだとしみじみと思う。

「どうした？」

「いいえ。ありがとうございます。ではお言葉に甘えますね」

不思議そうに尋ねられたが、おとなしく隼人さんに従うことにした。

自分の食事を用意し、エプロンを外して彼の前の席に遠慮がちに座る。

「いただきます」

律儀に手を合わせ、スプーンで黄色い卵を破り、中のケチャップライスごとすくう。

あのときの記憶とシンクロするが、私はもう大人で今はひとりではなく目の前には隼人さんがいる。味は想像通り。懐かしさに胸が苦しくなった。

隼人さんの口には合ったのだろうか。

「俺は未希とは逆で、自分のために飯を作ってもらうってことが今までなかったんだ」

尋ねようとする前に、ふと隼人さんが呟いた。

「一流のものを知っておかなければならないからって外食が多かったし、マナーもうるさくて厳しかった。そのせいで食事の時間はいつも緊張していたよ。家で用意されるのは、未希みたいに家事代行業者が用意したもので、それはけっして俺のための食事じゃなかったし、楽しい食卓とは程遠かったんだ」

そう語る隼人さんからはどこか寂しそうな印象を受ける。私のまったく想像もつかない世界で彼は大人になったんだ。

「だから旨いよ。これも、お母さんのために作ったオムライスもきっとなによりも美味しかったと思う」

「あのっ」

気づけば私は反射的に声をあげていた。でもすぐに次が続かない。とにかく彼の物悲しそうな表情になにかを言わなくてはと必死だった。

驚く隼人さんの目を見て、私は必死に言葉を紡いでいく。

「たしかに私は今、仕事としてこうして食事を作っていますけれど……でも相手が誰でも同じではなく、隼人さんのために作りますから。美味しいって思ってもらえるように頑張ります。だから……」

そこで小さく肩をすくめた。

「隼人さんの好きなものとか味付けとか、遠慮なく言ってくださいね」

最初の勢いはどこへやら。伝えられるのは、あくまでも家事代行業者の立場としてでしかないと冷静な自分が訴えかけてくる。

「ありがとう、奥さん」

恥ずかしさでうつむき気味になる私に、隼人さんが優しく返してくれた。お礼を言うのは私の方だ。ずっと苦い思い出となっていたオムライスを、今度は彼のためにもっと美味しく作ろうと思えたから。

第四章　キスは契約項目になかったはずです

「未希さん、こっちはどうかしら？　これもきっと似合うわ」

「み、美奈子さん」

もう十分だと伝えても、彼女は笑顔で服を選んでいく。土曜日の昼過ぎ、私は今、隼人さんのお母さまである美奈子さんと共に買い物に出かけていた。

先週末に、私は隼人さんと共にご両親の下を訪れた。美容院に行き、服装にも気合いを入れて臨む。隼人さんは心配しなくてもいいと言ったが、私みたいな庶民が会社の跡取りでもあり社長でもある彼の結婚相手として認めてもらえるだろうか。雇用関係あっての結婚とはいえ能天気でいられるほど図太くない。

そもそも隼人さんは私との関係をなんて説明するのか。

ハラハラしながら案内されたのは、どこか外国のような広大な庭と立派な建物だった。私の知っている一軒家とはまったく異なる。お手伝いさんも何人もいて、恭しく迎え入れられた。

『未希さん、いらっしゃい！　待っていたのよ』

そんな中、二度目に会う美奈子さんは私を笑顔で出迎えてくれた。広いリビングに通され、前社長にも頭を下げる。

『実は、未希とは家事代行業者としてうちにやってきたときに知り合ったんだ』

出会いを尋ねられたとき、正直に切り出した隼人さんに私は思わず目を剥いた。ご両親に家事代行サービスを利用しているのは内緒だったのでは?と思ったが、さらに聞くと隼人さんが体調を崩した際に利用し、やってきた私がたまたま彼の会社の契約社員で、そんな偶然から親しくなったと説明した。

『未希の家族思いなところや、仕事に対する姿勢に惹かれたんだ』

さらりと告げられた言葉に赤面する。けれど彼のおかげで、私は下手に嘘をつかなくてよくなったのは助かった。

続くご両親からの質問や彼の印象なども素直に答えられた。

『隼人さん、すごく優しい方です。自分と環境や立場が違う相手のことも思いやれて。そういうところを私は社長としてもひとりの男性としても尊敬しています』

私の回答に、ご両親はなぜか目を見張り、そのあと美奈子さんは泣きそうな表情で微笑んだ。なにかまずいことを言っただろうかと思ったが、話題はあっさり他に移っていく。

入籍日にこだわりがないなら六曜を意識した方がいい、から始まり、結婚式はいつにするのか、新年度はなにかと慌ただしいから気候的に五月などどうか、会場はどこにするのかなどなど。隼人さんとの結婚が急に現実味を帯びてきてたじろいでしまう。

隼人さんにフォローされつつなんとか挨拶を無事に終え、ホッとして帰ろうとしたら、美奈子さんに来週末は空いているかと尋ねられた。

『仕事だ』

端的に答えた隼人さんに、美奈子さんは唇を尖らせる。

『隼人の都合は聞いていないわよ。私は未希さんに聞いているの』

『えっ⁉』

なんと隼人さん抜きで会うことになり、断りきれず今日は美奈子さんと待ち合わせをして出かけているというわけだ。

「それにしても、未希さんが小松紅実さんの姪御さんだなんて驚いたわ。私、紅実さんの本を何冊も持っているのよ！」

「ありがとうございます。伯母にも伝えておきます」

挨拶のときにいろいろ話していると、なんと美奈子さんが伯母を知っていて、さらにはファンだという事実が判明した。

隼人さんも私を家事代行業者だと正直に話しておきながら、それは知らなかったらしい。意外なつながりに盛り上がり、こうして美奈子さんにはさらに気にかけてもらう結果となっている。

「私ね、息子ふたりだから、娘にずっと憧れていたの。未希さんみたいな人が隼人のお嫁さんになってくれて本当に嬉しいわ」

隼人さんには二歳下の弟さんがいるけれど、今は仕事の都合で外国にいるらしい。どちらもまったく連絡してこないと、美奈子さんは不満そうに話す。

そんな会話を交わしながら美奈子さん行きつけのブティックに案内され、彼女は自分の服を見たあと私の服を見繕い出した。遠慮する私に美奈子さんは笑顔であれこれ勧めてくる。

「い、いいえ。隼人さんは私にはもったいない人で」

「そんなことないわよ」

さらりと否定した美奈子さんは、どこか切なそうな表情だ。

「夫も私も、隼人をずいぶん厳しく育てたと思っているの。シャッツィの跡取りとしても、社長令息としても恥ずかしくないようにって。事細かく口出しして、勉強、スポーツ、習い事、いろいろなことをやらせてきたわ」

隼人さんから聞いた生い立ち。美奈子さんも同じように感じていたらしい。

「今思うと、なにをあんなに必死になっていたのかしら。隼人もずっと息苦しさを感じていたんでしょうね。そのせいで他人にはもちろん私たちにもどこか壁を作るようになって……。会社も継いで、大きくさせて、立派で自慢の息子だと思うけれど、ずっと誰かがあの子に寄り添ってくれたらいいと思っていたの」

ご両親が隼人さんに結婚を勧めていたのは、そういう理由もあったらしい。

「水戸さんは古くからの知り合いで、娘さんを隼人にどうかって言われて、会うように伝えたら意外にも何度か会っているみたいだから、これはうまくいくんじゃないかしらって思っていたんだけれど……。隼人から水戸さんのお嬢さんの話はまったく聞かないし、相変わらず仕事優先でどうなることやらって静観していたら、結婚を考えたい相手ができたって言ってきたの」

そこで美奈子さんの声と表情が格段に明るくなる。

「隼人が自分から誰かと人生を一緒に歩きたいって思ってくれて嬉しいの。ましてや未希さんみたいな素敵な人を選ぶんだもの。本当によかった」

美奈子さんの思いを知る一方で、言い知れない罪悪感が募っていく。隼人さんは誰とも人生を共に送るつもりはない。だからお金で割り切れる私を選んだのだ。

でも……。

「この婚約指輪……美奈子さんのものと同じブランドなんです」

私は左手を差し出し、薬指につけている婚約指輪を美奈子さんに見せた。ふたりで伯母に挨拶に行った日の夜、隼人さんから渡されたものだ。

母に偶然会ってマンションから帰ろうとした際、隼人さんから『少し寄りたいところがある』と伝えられたのだ。断るはずもなく、気落ちしていた私は彼が車を降りて用事を済ませる間も車内で待っていた。

だから隼人さんが婚約指輪をひそかに用意していたなどまったく知らなかったのだ。

『未希、少しだけいいか？』

夕飯の片づけが終わるタイミングで声をかけられ、あまりにかしこまった隼人さんの様子に少しだけ緊張する。やはり母に対して思うところがあったのか。

ダイニングテーブルに彼と向き合う形で座ると、隼人さんは小さな四角い箱をテーブルの上に置いた。

『これを』

そう言って差し出され、私は手を伸ばして受け取る。思ったよりも軽い。

『これは？』

『婚約指輪だ』

なにげなく問いかけると、思いもよらぬ回答があった。目をぱちくりとさせる私に対し、隼人さんは平然としている。

『本当は今日の挨拶の前に用意したかったんだが、間に合わなかったんだ』

そこで悟る。彼にとってこの指輪はあくまでも便宜上のものに過ぎない。ただの記号と同じだ。

『開けてみてもいいですか?』

『どうぞ』

隼人さんにならい、極力平静を装う。意識していると思われてはだめだ。

『正直、ブランドにはあまり詳しくないんだが、母が父から贈られた婚約指輪もここのものだと聞いている』

箱の中では、細身のプラチナリングに一粒ダイヤモンドがキラキラと輝いている。アクセサリーに疎い私でもわかるほど上等なもので、時代も年齢も選ばないシンプルかつ繊細なデザインは、昔から多くの人に愛されている高級老舗ブランドのものだ。

指輪の美しさ以上に、隼人さんがご両親と同じブランドの指輪を選んだことにほっこりする。

『ありがとうございます。あの、つけてみてもいいですか?』

『ああ』

慎重にケースから指輪を取り外し、自身の左手の薬指にはめていく。

『未希』

集中していたところに隼人さんに声をかけられ、なんとも中途半端な状態となった。

『なんでしょうか?』

『いや……』

ところが、隼人さんは言葉を濁し、ふいっと視線を逸らした。

なにか失礼なことでもしてしまったのだろうかと不安になるが、ひとまず婚約指輪を左手の薬指にはめる。

『どう、でしょうか?』

左手の薬指に指輪をはめるのは初めてだ。ずっしりと重みを感じ、ぎこちなく隼人さんの方に手の甲を向ける。

『よく似合っている。未希に似合いそうなものを選んだんだ。気に入ってくれるといいんだが』

私には分不相応なものだと恐縮する一方で、事務的ではなくあれこれ思いながらこの婚約指輪を選んでくれた彼に胸が温かくなる。

「隼人さんが贈ってくださった際、ご両親の話をしてくださいました。大丈夫です、隼人さんはご両親のことを尊敬していますし、おふたりの想いはちゃんと伝わっていますよ」

本当に両親のことが鬱陶しいなら、わざわざ同じブランドの婚約指輪にしたり、そもそも私とこんな形で結婚したりしなかっただろう。

ご両親が隼人さんの心配をしているのも、厳しく接してきた理由も彼は全部理解している。

私の左手をじっと見つめ、美奈子さんは微笑んだ。

「ありがとう、未希さん。隼人のこと、よろしくね」

そこでふと美奈子さんが時計に視線を送った。

「隼人は今日、玩具業界の交流パーティーに参加しているのよね？」

「あ、はい」

シャッツィをはじめとする玩具業界に携わるメーカーや製造会社などが業界全体の売上の向上を目的に一堂に会し、自社の商品のＰＲや業界の動向をまとめたプレゼンなど行うのだ。

隼人さんはシャッツィの社長として今日はそちらに参加していた。

「未希さん、よかったら今から一緒に行かない？」

一緒にお茶しない？と同じニュアンスで美奈子さんが言ったので、どこを指しているのか、すぐにはわからなかった。

「昼過ぎからだから、まだ大丈夫よね。夫宛に招待状が来ていたから持ってきたの。隼人の仕事ぶり、見に行きましょうよ」

どうやら美奈子さんは冗談ではなく本気で言っているらしい。とはいえその提案に乗るわけにはいかない。

「で、ですが私は契約社員なので、今日の会に出席する資格は」

「平気よ。未希さんは隼人の妻、社長夫人なんですもの。遠慮する必要はないわ。私も元社長夫人として、それなりに顔が利くから心配しないで」

そういう問題ではない気がする。美奈子さんはともかく私が行くような場所ではない。なによりパーティーに出席するためにはそれなりの装いが必要だ。

「さっ、ここはもう出ましょう。未希さんに似合うドレスを買いに行かなくちゃ」

私の心の内を読んだかのように美奈子さんは私の手を取った。どうやら最初から私に拒否権などないらしい。

どうなるのかと不安を覚えながら美奈子さんについていくしかなかった。

「未希さん、そんなに緊張しないで。大丈夫、とっても素敵だから」

美奈子さんに声をかけられ、私はおそるおそる一歩踏み出す。いつもより高いヒールを履いているので視界が高い分、慎重になる。歩くたびにドレスの裾がふわりと揺れ、胸が苦しい。

本当に来てしまった。

美奈子さん御用達の別の店に向かい、そこでいくつものドレスを試着し、ノースリーブのバーガンディのドレスを選んだ。選んだのはもちろん私ではなく美奈子さんだ。

首元と腰回りにフリルがあしらわれ、デコルテ部分はレース地でシースルーになっている。スカート部分はサテン生地が重ねられ、上品かつ可愛らしいデザインだ。

このドレスに合わせ、靴やバッグ、アクセサリーを買い、美容院でヘアメイクもしてもらい、あっという間にパーティー仕様になった。

緊張して足元がふらつきそうになる私に対し、美奈子さんは堂々とした立ち振る舞いだ。これが立場や経験の差なのだろう。彼女はチャコールのシックなシフォンワンピースを身に纏い、アクセサリーを合わせてエレガントにまとめている。やはり社長夫人を長年務めていただけあって、オーラが違う。

さすがは隼人さんのお母さまと言うべきか。年齢を感じさせない美しさは、伯母や母と共通している。

会場はホテルの大広間を貸し切っていて、中に入るとちょうど企業のプレゼンをしているところだった。

「ですから、ウィンター社と交渉した際に先方から提示された条件とすり合わせ、原価と材質の安全性との関係をまとめたものがこちらです」

聞き覚えのある声に私は硬直する。今、皆の前でスクリーンに映し出されたデータを基にプレゼンを行っているのは、第一営業部に所属する橋本恵さんだった。

そういえば彼女がここで発表すると立候補していたのを思い出す。私の背中にどっと嫌な汗が噴き出した。

「未希さん？」

「あ、大丈夫です」

心配する美奈子さんに小声で話す。プレゼンは終盤だったのか、ややあって会場は拍手と共に明るくなり、今から交流会が行われる旨のアナウンスが流れた。

会場は広いからきっと会うことはないはずだ。そう思って美奈子さんについていく。

「美奈子さん」

美奈子さんに声をかけてきたのは、タキシードを着た年配の男性だ。その顔にピンとくる。

「あら。大澤《おおさわ》社長、お久しぶりです」

「今日、淳史《あつし》さんは？」

淳史さんとは隼人さんのお父さま、つまりシャッツィの前社長だ。すかさず前社長の名前を口にしたところを見ると、親しいのかもしれない。彼は『幸洋堂《こうようどう》』の大澤社長だ。

「残念ながら欠席なんです。その代わり、娘を連れてきました」

「娘さん？」

怪訝そうな顔をする大澤社長に、美奈子さんは私の肩に手を置いて再び彼を見た。

「ええ。隼人が結婚するんです。義理になりますが可愛い娘ですよ」

「初めまして、未希と申します」

すぐさま名前を告げ、頭を下げる。

「隼人くんが？　それはめでたい」

大澤社長は目を丸くしたあと、声のトーンを一段上げて言った。

「未希さん、こちら幸洋堂の大澤社長よ」

存知上げているとは口に出さず、再度小さく頭を下げる。大澤社長は嬉しそうに笑った。

「初めまして、未希さん。いやぁ、これでシャッツィの未来は明るいですな。うちも頑張らなくては」

「幸洋堂さんもいい商品を作られているじゃないですか。ねぇ、未希さん」

にこやかに美奈子さんから話を振られ、一瞬戸惑いながらも私は頷いた。

「はい。幸洋堂さんが、昨年からウィンコット社と提携して出されている海外向けへの和風玩具、私とても好きなんです。本当に素敵なので、ぜひもっと国内でも販売していただければと個人的には思っているのですが」

正直な思いを告げると、大澤社長は鳩が豆鉄砲を食ったような顔になった。

「いや、これは参った。未希さんは社長秘書かなにかを?」

「い、いいえ。ただの社員です」

私は慌てて否定する。もしかすると的外れな感想を漏らしたのかもしれない。余計なことをしたと後悔としていると大澤社長が声をあげて笑った。

「それにしても他社の動向や商品にも注目しているなんて素晴らしいね。しかも嬉しいことを言ってくれる。ここだけの話、国内での販売ルートが確保できそうだから、もうすぐ一般市場に出回る予定だよ」

「そうなんですか？　楽しみにしています！」

内緒話をするかのような口調に、私は純粋に喜んだ。続いて大澤社長の視線は私から美奈子さんに向けられる。

「美奈子さん。いいお嬢さんが隼人くんのところに来てくれたね。また改めてお祝いをさせてもらうよ」

「ありがとうございます」

踵を返す大澤社長を美奈子さんと共に見送る。

「未希さんってやっぱり素敵な方ね」

しみじみと呟かれ、どう受け取っていいのか困惑してしまう。

「す、すみません。でしゃばってしまいまして」

「そんなことないわ。知識だけじゃなく、未希さんの人柄も含めて大澤社長も気に入られたんだと思う」

美奈子さんの言葉に胸が温かくなる。さっき美奈子さんが冗談でも私を娘と紹介してくれて嬉しかった。つい否定してしまう私とは違い、大澤社長の褒め言葉も素直に受け取ってくれた。母だったら考えられない。

そのあとも美奈子さんと一緒にいると幾人もの関係者に声をかけられ、そのたびに美奈子さんは私を律儀に紹介してくれた。

少しだけ人に酔ったのか、美奈子さんに断りを入れて会場の端の方で休む。

隼人さん、どこにいるのかな？

彼に会いたい一方で、やはりこういった場に慣れていない自分は彼とは住む世界が別なのだと実感する。

会わないままでいいよね。隼人さんも美奈子さんみたいにいろいろな方から声をかけられているだろうし。

「沢渡さん？」

そこで不意に声をかけられ、視線を向ける。そこには橋本さんと木下さんの姿があった。橋本さんの顔が不快そうに歪む。

「こんなところでどうしたの？　あなたは今日のパーティーに出席する予定じゃなかったでしょ？」

非難めいた口調には、彼女が個人的に私に出席してほしくなかった気持ちが表れている。彼女はわざとらしく木下さんの腕に自分の腕を絡めた。

「図々しく着飾ってやってくるなんて。プレゼンが気になって？　それとも秀樹さんも参加するって聞いたから？」

「そうなのか？」

橋本さんの問いかけに木下さんが複雑そうな表情でこちらを見てくるので、私はふいっと顔を逸らした。

「未練がましいことはやめたら？　仕事も恋人も全部中途半端だからちゃんと結果が残せないんでしょ！」

「娘がなにかしたかしら？」

さすがになにかを言い返そうとしたら、冷ややかな声がその場に響いた。美奈子さんが怖い顔で近づき、私のそばに立って橋本さんたちを睨みつける。

「娘？　母親同伴で来たの？　いい年してなにしてるのよ？」

美奈子さんをどうやら私の実の母親と勘違いしたらしい。橋本さんが小馬鹿にしたように吐き捨てる。たしかに前社長の妻の顔なんて役員でもなければ知らないだろう。

橋本さんは美奈子さんに詰め寄るようにして言い捨てる。

「お母さま、残念ながらここは娘さんの来るところじゃないですよ。彼女、どう話しているか知りませんけれど契約社員ですし」

「だからなんだというの？」

まったく動揺を見せない美奈子さんに逆に橋本さんが怯《ひる》んだ。私がフォローしようとするのを美奈子さんが制し、橋本さんを真っすぐ見つめる。

「あなたこそ人のことを言う前に、自分の無知を恥じたらどうなの？　あの資料、ご自身が作ったものじゃないんでしょ？　ウィンター社ではなくヴィンター社よ。取引先の名前をこんな場で何回も堂々と間違えるなんて、信用問題に関わるわ」

「なっ」

美奈子さんの指摘に橋本さんの顔が真っ赤になる。聞いていた周りの人もじろじろと彼女に視線を送っていた。

「契約社員がどうしたの？　会社のことなら未希さんの方がよっぽど詳しくて振る舞いも素晴らしいわ」

「未希」

低い耳慣れた声に反応する。美奈子さんの言葉を遮るようにして現れたのは隼人さんだった。タキシードを着こなし、前髪もワックスで上げているのでいつにも増して目を引く。彼の登場に驚いたのは私だけではなく、橋本さんと木下さんもだった。

「どうしてここに？　そもそもどういう状況なんだ、これは」

　尋ねられたもののすぐに答えられない。私と美奈子さんが橋本さんと木下さんに向き合い、微妙な空気が漂っている。それで隼人さんもなにか察したらしい。軽くため息をついて橋本さんと木下さんの方に問いかける。

「母がどうかしましたか？」

　その質問にふたりは目を丸くした。

「母って……進藤社長の？」

「え、でも沢渡さんを娘って」

　ふたりの戸惑いはもっともだ。どう説明すべきか悩んでいると、隼人さんに強引に肩を抱かれ引き寄せられる。

「彼女は俺の妻なんだ。母も彼女を娘のように可愛がっているので誤解を招いたようだが」

　剥き出しの肩に触れた手のひらの感触にどぎまぎする。けれどここで動揺しているのを悟られるわけにはいかない。

　隼人さんの説明に橋本さんの顔は真っ赤になり、逆に木下さんの顔は青くなっていく。

「うそ！　進藤社長と沢渡さんが？　なぜです？」

「君に関係あるのか？」

　感情的になる橋本さんに隼人さんは冷ややかに返した。

「今日のプレゼンについての評価は篠田《しのだ》から話があるだろう」

　篠田というのは部長の名前だ。橋本さんの顔から血の気がさっと引いて、彼女は押し黙った。

　隼人さんは私の肩を抱いたまま、その場を離れようとする。美奈子さんは隼人さんが現れてからは口を開かず、息子に任せて見守っていた。

「未希」

　不意に名前を呼んだのは、隼人さんではなく木下さんだ。私は彼を一度見てから、ふいっと顔を背ける。もう彼とはなんの関係もない。

　あの頃の惨めな思いを繰り返したくなくて私は隼人さんに促されるまま足早に先へ進んだ。

「それにしても失礼な人がいるのねぇ」

　橋本さんや木下さんから離れ、美奈子さんがここに来た経緯や、一連の出来事を隼人さんに伝える。大澤社長とのやりとりなどもぬかりなく話す美奈子さんに、下手に口を挟むこともできず、むず痒さでなんだかこの場を去りたい気持ちでいっぱいになった。

けれど隼人さんや美奈子さんと一緒にいるとますます注目を浴びてしまう。

「隼人くん。美奈子さんから聞いたよ。結婚おめでとう」

「ありがとうございます」

話しかけてくるのは、皆大手企業の社長や役員など錚々《そうそう》たる人たちばかりだ。

「本当に素敵なお嬢さんなの！」

さらには美奈子さんが私を全力で褒めてくれるので、こういうときどう反応していいのかわからずにもどかしい。饒舌な美奈子さんと隼人さんに圧倒されてしまう。

「それはよかった。大澤社長もさっき褒めていたよ。隼人くんはいい人を選んだね」

「ええ。彼女と結婚できて幸せですよ」

嘘だとわかっていても、つい心が乱れてしまう。

『頑張ってきたんだな』

『そのときの未希に会ったら、俺は喜んで食べていたよ』

隼人さんと過ごすうちに、彼の言葉がすべて嘘ではないと知ってしまったからだ。

美奈子さんと先に帰ろうとしたが、隼人さんもう役割を終えたと一緒に会場をあとにすることになった。せっかくだからと美奈子さんが提案し、三人で夕食を共にする流れになる。

連れていかれたのは進藤家御用達のレストランで、高級で厳かな雰囲気に私は完全に気後れしてしまった。

緊張する私に隼人さんも美奈子さんも丁寧に説明してくれたり、話を振ってくれたりした。おかげで料理を楽しむ余裕が少し生まれ、初めての味に舌鼓を打つ。

「気に入ってくれたかしら？」

「はい。美奈子さん、今日はありがとうございました」

食後のコーヒーを堪能し、美奈子さんに改めてお礼を言う。

「お礼を言うのはこちらの方よ。未希さんと過ごせてとっても楽しかったわ。また隼人抜きでお出かけしましょうね」

「母さん、あんまり未希を振り回すなよ」

隼人さんが呆れた声でたしなめる。それから美奈子さんを送り届け、隼人さんとふたりで家路につく。ふたりになると急に車内は静かになり、私はおずおずと切り出した。

「隼人さん、今日は突然すみませんでした」

「未希が謝る必要はないさ。どうせ母さんが強引に話を進めたんだろ？」

すぐにフォローされるが、気持ちは晴れない。断りもなく会場に来たこともちろんだが、それ以上に橋本さんや木下さんとの妙ないざこざに巻き込んでしまった。美奈子さんもだ。

「それに、ちょうどよかったよ。あの場で付き合いのある人には未希のことを紹介できたから」

彼の役に立ったのならそれでいい。なにも返せず、私はぎゅっと膝で握りこぶしを作った。

「お風呂の支度、すぐにしますね」

マンションの玄関を開けるや否や、家事代行業者に気持ちを切り替え宣言する。といってもボタンを押して、タオルを用意するだけだ。

洗濯物と食洗機にかけていた食器を片づけて、それから――。

「未希」

不意に名前を呼ばれ、パタパタと忙しく動いていた私は足を止めた。

「未希だって疲れているだろう。そう慌てなくてもかまわない」

ネクタイを外し、ジャケットを脱いだ隼人さんがリビングから声をかけてくる。

帰ってくるなり慌ただしかったかもしれない。

急に手持ち無沙汰になった私は、なにをしようか迷う。まずは着替えるべきか。空調が整えられている室内は、外の寒さが嘘のようで逆に暑く感じるほどだ。

「ちょっと話をしても？」

「あ、はい」

隼人さんに促されるまま彼のそばに向かう。彼はソファに腰を下ろし、私は素直に彼の前に立った。上を見上げた隼人さんと目が合う。

「そんなとこに立ってないで、座ったらどうだ？」

隼人さんが小さく噴き出し、頬がかっと熱くなる。

「し、失礼します」

私は少しだけ間を空けて彼の左側に腰を下ろした。夫婦とはいえこういったぎこちなさは、どうしようもない。

隣から視線を感じるものの隼人さんはなにも言わない。妙な沈黙にちらりと横をうかがうと、不意にこちらを見ていた彼と視線が交わる。

「今日はお疲れ」

「隼人さんもお疲れさまでした」

労いの言葉に私も素直に返す。

「未希が正社員への誘いを断り続けるのは、紅の仕事だけでなく、今日会った彼らも関係しているのか？」

続いて彼の口から飛び出た内容に、私は目を丸くした。隼人さんはこちらをじっと見つめたままだ。

「未希のことは、実は最初から知っていたんだ」

「え？」

たしかに彼は私が家事代行業者として初めてここを訪れた際に、部署と名前を言い当てた。契約社員の名前や所属まで覚えているなんて、と驚いたけれど、私を知っていた？　今まで会社では社長と接点など一切なかったはずだ。

「第一営業部の篠田とは個人的に親しいんだ。彼から優秀な契約社員がいて、正社員に何度も誘っているがなかなか首を縦に振ってくれないと聞かされていて」

「そう、だったんですか」

意外なつながりに驚くと同時に納得する。私の仕事ぶりを買ってくれた部長に、何度か正社員に推薦するからと言われていたのだ。

『沢渡さんがシャツィであえて契約社員でいるのは、この仕事をするためなのか？』

隼人さんが尋ねてきた理由がこれでようやくわかった。けれど、家事代行業を続けるためには契約社員の立場の方が都合がいいと彼にはもう理解してもらえただろう。

「あの、ご存知の通り家事代行業を」

「俺が結婚を持ちかける前から、来年度の契約を更新するか迷っていると聞いたんだが？」

遮るように告げられ、思わず口をつぐむ。とっさに返答できず、目を泳がせながら彼から視線を逸らして前を向く。そこまで追及されるとは思わなかった。

「今日のプレゼンの資料、発表者の彼女ではなく未希が作ったんじゃないか？」

隼人さんの質問に唇を噛みしめる。その通りだ。橋本さんが発表したあの資料の大半は私が作った。けれど作成者に私の名前は入っていない。

『契約社員の名前なんて入れたら恥ずかしいもの。四月からはいないかもしれないし』

橋本さんからの指示で、データ収集やまとめなどの作業を任されることが多かったが、彼女は平然と言ってのけた。

けれど反論しようとも反抗しようとも思わなかった。私は任された仕事を自分にできる最高のクオリティで仕上げるだけだ。

「作ったなんて大袈裟です。私は頼まれた仕事をきちんとしただけです。資料が評価されたら自分の評価につながらなくてもいいんです」

そういったスタンスでやってきたので、篠田部長が私の仕事ぶりを買ってくれていたのが逆に意外だ。

極力明るく返したが、隼人さんの顔は渋いままだ。

「なら、契約更新を迷うのは一緒にいた彼が理由なのか？」

木下さんのことを口にされ、わずかに動揺する。すぐに否定してうまく誤魔化すべきだと冷静な自分が訴えかけてくるのに、隼人さんの射貫《いぬ》くような眼差しに言葉が出ない。

そもそも名前で呼ばれたときに隼人さんも一緒だったし、関係ないと言っても信じてもらえないだろう。

隼人さんの顔を見る勇気はなく、うつむいた状態でおもむろに口を動かす。

「付き合っていて……振られたんです、私」

まさか隼人さんに白状することになるとは思いもしなかったが、言ってしまったものはしょうがない。

「料理を褒められたのがきっかけで……嬉しくて舞い上がっちゃったんです」

お弁当を褒められ、食べたいと言う木下さんに、彼の分のお弁当を作ったのがきっかけだ。ほどなくして交際を申し込まれ、今まで誰とも付き合った経験がなかった私はためらいながらも首を縦に振った。

尋ねられたので家事全般が得意だと話すと、逆に木下さんは家事が苦手だと告白してきた。『よかったら手伝ってほしい』と言われ、彼の家にご飯を作りに行くようになり、ついでに溜まっている家事もこなすようになる。

『未希、ありがとうな。すっげー助かる』

感謝され彼が喜んでくれるのが嬉しくて、私はできる限り彼に尽くした。会わない日にも彼の分のお弁当も作ったし、疲れているという木下さんに合わせて、外ではあまりデートせず家で過ごすのが定番となったが、不満は口にしなかった。

いつの間にか恋人らしい過ごし方もなくなり、私は家事をして彼はスマホを弄りながらくつろいでいた。いつからこれが当たり前になったのか。

お弁当を作っても反応が薄くなり、なんとなく木下さんの態度も冷たくなったと不審に思っていた矢先、彼の浮気が発覚した。木下さんの家を訪れた際に遭遇したのは同じ部署の橋本さんだった。

『なん、で？』

呆然とする私にふたりはまったく悪びれもせず、それどころか橋本さんは勝ち誇った笑みを浮かべた。

『沢渡さん、結婚アピール失敗ね。好きなら家事をするだけじゃだめでしょー』

自分から結婚など口にしたこともないし、そんな願望をぶつけたこともない。

『違います。私はただ、木下さんが好きだから家事も』

『そう。俺のことが好きだから家事をしてくれていたんだよな？　それなのにいちいち弁当の味を聞いてきたり、これをやっといたとか報告してきたり。好きでしていたくせにこちらに見返りを求めるような感じが正直、うざかったんだ。そこまで誰も頼んでないって』

面倒くさそうに言い放った木下さんの横で、橋本さんが笑い出す。

この感覚には覚えがあった。

『どうしてこんな余計なことをしたの！　お母さん、頼んでないわよ』

母の言葉が頭を過《よぎ》り、体が震える。

私が悪かったの？　私が……。

『家事をしてくれて、なんでも言うことを聞いてくれるから付き合ったけど、未希ってそれだけだよな』

『自分から家政婦になっちゃうなんて……。恋人ならもっと頑張らないと。沢渡さんも気づきなさいよ。家事なんて誰でもできるんだから』

木下さんと橋本さんの言葉に、私はそれ以上なにも言えず、その場から逃げ出した。

そんな終わりを迎え、振られたショックは元より、自分のしてきた行動すべてを嫌悪し後悔した。

誰かのためになにかをしたい気持ちは、自己満足なのか。喜んでもらいたかった。まったく見返りを求めていなかったといったら嘘になる。そう思うと怖くて身動きがとれなくなった。

とはいえ同じ部署で、嫌でも橋本さんや木下さんと顔を合わせなくてはならない。仕事に打ち込んで平気なふりをしながら、日々神経をすり減らしていた。

木下さんや橋本さんを見るたびに、惨めな思いがあふれ自分を嫌いになっていく。

「振られた相手と気まずいから仕事を変えようだなんて、甘えているのはわかっています。でも私」

隼人さんから厳しい言葉が飛んでくるのを予想し、言い訳めいた口調で捲し立てる。けれど途中で彼に抱き寄せられ、頭が真っ白になった。

「未希はなにも悪くないし自分を責める必要はない。相手が馬鹿なだけだ」

真剣な声色が耳に届き、目の奥が熱くなる。

どうしよう。泣きそう。

「だ、大丈夫ですよ。そんなに慰めてくださらなくても」

震える声でそう返すのが精いっぱいだ。隼人さんをこれ以上煩わせるわけにはいかない。

私はそっと彼から離れた。

「なぜ？」

ところが、逆に隼人さんから尋ねられ答えに窮する。

「なぜって……だって私は……」

彼に雇われている身で、家では家事をこなすのが役目だ。自分の仕事をして、彼の役に立たないと。

説明しようとしたら両頬に手を添えられ、上を向かされる。

「妻がそんな顔をしているのに平気でいられるわけないだろ」

切なそうな面持ちの隼人さんに、息を呑む。

「見返りとかそういう問題じゃない。気持ちをないがしろにされたら、誰だって傷つく。だから未希がつらいのは当然なんだ。無理をするな」

彼の言葉が心に沁みて、目を必死に見開く。瞬きをしたら涙がこぼれそうだ。そう思った瞬間、あっという間に視界がぼやけ、堪えていた涙が頬を伝った。

隼人さんから顔を背けたいのにできない。それどころか彼の手を濡らしてしまっている。

離れるべきだ、取り繕わなければと冷静な自分が訴えかけてくるのに、そのまま隼人さんに抱きしめられてすっぽりと彼の腕の中に収まった。

温かさになにかがぷつりと切れて、とめどなく涙があふれ出した。

木下さんの件だけじゃない。母に言われたときも、自分が悪かったと言い聞かせて膝を抱えて感情を押し殺した。相手を責めたり怒ったりしたくない。一方で、悲しむことさえ許してもらえない気がして、ずっと我慢していた。

それをこんなふうに寄り添ってもらえるなんて。

「ふっ……うっ……」

一度堰《せき》を切ったようにあふれた涙はなかなか止まりそうにない。隼人さんは今、どんな顔をしている？　呆れられていたり鬱陶しそうな顔をされていたりしたら、どうしよう。

そんな私を安心させるように頭を優しく撫でられ、ますます涙腺が緩む。

ややあって少し落ち着いた私は、彼から離れようと身動《みじろ》ぎした。回されていた腕の力が緩んだものの顔が上げられない。

「す、すみませんでした」

泣くこと自体久しぶりだが、まさかよりにもよって隼人さんの前で泣くなんて。

「謝らなくていい」

「でも私は隼人さんに雇われている身で……」

『私は雇われた身なので必要以上に干渉しませんから。極力黒子に徹します』

あんなことを言っておきながら、こんな失態を見せて情けない。プロ失格だ。

そこで反射的に隼人さんの方を向いた。

「あの、この分は……仕事をしていない分はお給料から引いておいてくださいね」

時間給ではないが、言わずにはいられなかった。

「未希は仕事をしているよ」

けれど意外な言葉が返ってきて、目をぱちくりさせる。すると彼は私の頬に手を添えた。

「妻を甘やかしたいという俺の望みを叶えてくれている」

「な、なんですか、それ」

すぐには隼人さんの言い分が理解できず混乱する。彼に甘やかされるのが仕事？　そういった内容は契約に含まれていなかったはずだ。

「仕事として受け入れられないか？」

「あ、当たり前じゃないですか！」

彼の問いかけにすかさず噛みつく。一瞬気まずい空気が流れ、私はためらいながらも続ける。

「仕事だったら……誰が相手でも同じようにしないといけませんから」

お金を払っているから受け入れていると思われるのは嫌だ。誰に対してもこうなんだと思われるのは。

「だから、私がこうしているのは……」

そこではたと気づく。逆に隼人さんは、どういうつもりなのだろう。こういう触れ合いも夫婦として必要だと割り切って考えているから？　ただの気まぐれ？　私が相手じゃなくても彼は……。

そこで不意に視界が暗くなり、気づけばすぐ目の前に彼の整った顔があった。

「未希が、こうしているのは？」

額を重ねられ、私の言いかけた言葉を復唱される。怖いくらい真剣な面持ちの隼人さんに心臓が早鐘を打ち出し、すぐに声が出せない。

しばしの沈黙のあと、彼の射貫くような眼差しに圧され、私は意を決した。

「隼人さんが私の……たったひとりの旦那さまだからです」

他の誰でもない彼だから、私はずっとしまい込んでいた本音をさらけ出せた。こうやって泣くことができた。隼人さん以外の人なら、こんなふうになっていないと断言できる。

自分の想いをおそるおそる口にしたものの、緊張で胸が張り裂けそうだ。今すぐこの場から逃げ出したい。

そう思った次の瞬間、頭に唇を寄せられ驚きのあまり硬直する。隼人さんは相変わらず真っすぐに私を見つめたままだ。

「発言を撤回する、これは仕事じゃない。無理して受け入れなくていい。未希には拒否する権利がある」

吐息がかかりそうなほどの距離で、吸い込まれそうな彼の瞳に捕まり、息を止める。

きちんと線引きしないと。仕事だから彼の妻としてうまくやっていけると思っていた。あの失敗を繰り返したくない。

そう思いながら私はわずかに目を伏せ、受け入れる姿勢を見せる。すると今度は、目尻に口づけを落とされた。心臓は相変わらずうるさいけれど、不快感など微塵《みじん》もない。

隼人さんと至近距離で視線が交わり、私はぎこちなく目を閉じた。涙もいつの間にか止まっていて、確かめるように頬を撫でられたあと唇に温もりを感じる。

拒めるわけがない。形だけの夫婦だからとか雇用関係があるからだとか理屈ではなく、隼人さんだから。寄り添ってくれる彼に弱さを見せられた。

唇が離れ、ゆっくり目を開けると心配そうにこちらを見ている隼人さんと目が合う。

言い知れない羞恥心があふれ出し、とっさに視線を逸らした。

こういうとき、どういう顔をしたらいいのかわからない。なんて言えばいいのかも。

戸惑っていると隼人さんにぎゅっと抱きしめられる。

「未希」

低く耳触りのいい彼の声に、胸が高鳴る。ちらりと彼をうかがうと、再び唇を重ねられた。目を閉じる暇もなく、驚いている間に角度を変え何度も口づけられる。柔らかい唇の感触が心地よくて次第に熱を伴っていく。

優しいキスにこのまま身を委ねたい。一方で、漠然とした不安が胸の中で小さく渦を巻き出した。

そのとき、お風呂の準備ができたと知らせる機械音がリビングに響いた。不意打ちに隼人さんも口づけを中断させ、私も我に返る。

「あの、お風呂ができたみたいなので、隼人さんどうぞ。タオルも用意していますので」

抱きしめられている体勢ではあるが、極力いつも通りに平静を装い、彼に声をかける。

「未希が先に入ってきたらいい。疲れているだろう」

「だ、ダメですよ。隼人さんを差し置いてそんな真似できません。私は雇われている身ですよ」

彼の申し出を真っ向から拒否する。すると隼人さんは目を見張ったあと、苦笑した。

「急に仕事モードになるんだな」

「そ、それは……」

情緒もなにもあったものではないが、私が彼に雇われている事実は変わらない。変えられない。

「なら、一緒に入るか？」

自分に言い聞かせていると、隼人さんがさらりと提案してきた。

「な、なんでそんな話になるんですか？」

「可愛い妻と一緒に風呂に入りたいと思うのは夫として当然じゃないか？」

慌てる私に隼人さんは平然と言ってのける。

「か、からかわないでください。そんなの認められません！」

うつむいて突っぱねると、そっと頭を撫でられた。

「わかった。未希に従うよ」

彼の言葉にゆっくりと目線を上げる。そのとき視界に入った隼人さんは、なんとなく切なそうな顔をしていた。私がなにか言おうとする前に、彼は私の頬に口づけおもむろに腕の力を緩めて立ち上がる。

つられて私もソファから腰を上げた。

「私、片づけとかいろいろあるので、隼人さんはゆっくり入ってきてくださいね」

「ああ」

自分の仕事に取りかかろうとその場を離れる。先ほどまでのやりとりが嘘みたいだが、これでいい。あのときだけ、仕事じゃなかった。そういう話だ。

食洗機にかけていた食器をてきぱきと戻し、平常心を取り戻していく。

だって無理だよ。仕事だと割り切らないと心が持たない。うまくやっていくためには、彼のそばにいたいのなら割り切らないと。

母や木下さんに言われて散々思い知った。自分の感情で動いて隼人さんに迷惑をかけたくない。なによりもう、傷つきたくない。

隼人さんだって同じだ。彼も最初から割り切った結婚を望んでいた。その中で気まぐれに夫婦の触れ合いを求めることだってあるだろう。

そう自分の中で結論づけるが、唇に残った感触がなかなか取れない。なんでもないとやり過ごすには、隼人さんとのキスは特別すぎた。

第五章　夫婦の触れ合いは勤務時間外です

さっきからスマホの画面と車の窓から見える景色を交互に見つめ、ソワソワと落ち着かなかった。すると、運転席から苦笑交じりに声がかかる。

「そんなに心配しなくても遊園地は逃げないぞ」

「わ、わかっています！」

反射的に言い返して隣を見ると、隼人さんの口元には笑みが浮かんだままだった。感情的になった自分が恥ずかしくなり、再び窓の外を向く。

事の発端は三日前。隼人さんから土曜日に遊園地に行かないかと言われたのだ。

『オーナーからチケットをもらったんだ』

その理由はすぐに見当がついた。今、遊園地とシャッツィがタイアップをして、企画エリアの運営を期間限定で行っているのだ。

ヨーロッパの洋館をイメージした室内で、ままごとやパズル、お絵かきなどに区分けし、シャッツィの玩具で存分に遊べるようになっている。

天候にも左右されず、そのエリア目当てに遊園地に行く家族連れも増え、連日大盛況だとは聞いていた。

　チケットをもらったとはいえ、やはり社長としては現場を目で見ておきたいのもあるのだろう。

『私でよければお供します』

　家事代行業者としてではなく、むしろシャッツィの社員として律儀に返事をする。するとと隼人さんは、眉尻を下げて困惑めいた笑みを浮かべた。

『そうかまえなくてもいい。あくまでもプライベートだ』

『ですが……』

　言い返そうとすると、隼人さんは急に真面目な顔になった。

『夫婦になったんだ。一緒に出かけるのはデートじゃないのか？』

　隼人さんの言葉に、とっさに反応できずに固まる。両家への挨拶を終え、美奈子さんの勧めもあって先日の大安に私たちは婚姻届を提出した。もろもろの名義変更は戸籍ができてからになるのでまだまったく実感が湧かない。隼人さんとの関係も相変わらずだし。

　だからこそ彼の口から夫婦と言われると、なんだか照れくさくて妙に気恥ずかしい。硬直している私に隼人さんがフォローを入れる。

『負担に感じるなら──』

『い、いいえ。遊園地……隼人さんと行ってみたいです』

彼の発言を遮り自分の意思を伝える。さすがにデートとは口に出せなかったけれど。

『なら、決まりだな』

そう言って頭を撫でられ、土曜日に出かけることが決まった。

そのあとまず、私が悩んだのは服装だ。彼と両家への挨拶などを除くと、ふたりで出かけるのは実は初めてで、隼人さんがデートと口にしたこともあり頭を抱えるはめになる。

結局、淡いピンク色のボウタイブラウスに白のスカーチョを合わせた。

おかしくないよね？

ちらりと視線を下に向け、続けてこっそりと運転する隼人さんを盗み見る。

今日の隼人さんはグレーのセーターに黒のテーパードパンツとシンプルな装いだが、その分彼のスタイルのよさが際立っている。いつも思うのだが、同じテーブルについても足の長さがまったく違うのは、身長差の問題だけではない。

見惚《みと》れてしまいそうになり、視線を逸らす。意識してはいけないと思えば思うほど、胸が苦しくなる一方だ。パーティーのあった日の夜、キスしてしまってからとくに。

結婚とはいえ所詮は書類上だけだ。隼人さんはまったく変わらないのに。

遊園地の駐車場に無事に着き、降りるよう促される。

夫婦とはいえ自分の立場を忘れてはいけない。己を奮い立たせ隼人さんに続いた。

今日は少しだけ曇っている。まだ午前中だからかもしれないが、もう少し太陽と共に気温が上がると嬉しい。

「行こうか」

「はい」

空から隼人さんに意識を向ける。チケットを持っていたので、あっさり入場できた。

やはり週末なのもあって家族連れやカップル、友人同士のちょっとしたグループなど多くの人で賑わっている。私はきょろきょろと辺りを見回し、スマホの画面を見つめる。

「どうした？」

「あ、もうすぐ中央の噴水が上がって、からくり時計とのコラボが見えますよ！」

得意げに話す私に、隼人さんは目を丸くした。

「詳しいな。何度か来たことがあるのか？」

「いいえ、初めてです」

さらりと答え、続けようとした言葉を口にするかどうか一瞬、迷う。なんとなく言いづらかった。

「その、遊園地自体が……初めてなんです」

しかし、私は正直に答えた。こう告げるとたいてい驚かれるのだが、隼人さんにはその事情まで悟られてしまいそうだから。

案の定、隼人さんは複雑そうな面持ちになっている。母が遊園地など連れていってくれるはずもなく、幼い頃に一度せがんだが『わがまま言わないでよ。なんでせっかくの休みの日に、あんな疲れるところにお金を払ってまで行かなければならないの？』と取りつく島もなかった。

それでも諦めずにお願いし続けられるような子どもでも親子関係でもない。同じことを繰り返したらもっときつい言葉を浴びせられるのは、わかっていた。

わがままを言っちゃだめだ。お母さんを困らせたらいけない。

子ども心に必死に言い聞かせ、やがて大人になって自分の意思で好きなところに行けるようになっても、あえて遊園地に行こうとは思わなかった。

「あ、まずはシャッツィの運営しているエリアを見に行きましょう」

気を取り直して隼人さんに言う。ここに来た目的を果たさないと。

パンフレットに視線を落とすと、不意に肩を抱かれ驚きで顔を上げる。

「未希の行きたいところを回ろう。まずはその噴水なんだろ？」

足早に歩を進めようとする隼人さんに、目を瞬かせる。

「え、いいえ。大丈夫です。そこまで行きたいわけじゃなくて……」

「楽しみでいろいろと調べた成果を見せてくれるんじゃないのか？」

茶目っ気交じりに返され、言葉に詰まる。ひそかにインターネットでこの遊園地の情報や楽しみ方を調べてまとめておいたのだ。

「隼人さんと出かけるのも、すごく楽しみにしていました」

聞こえるか聞こえないかくらいの小さな声で呟く。すると肩に回された腕の力が強められた。

「俺もだよ。だから未希が楽しんでくれるのが一番なんだ」

優しい表情に、胸が高鳴る。頬に触れる空気は冷たいのに、隼人さんと密着した部分はどこまでも熱かった。

それから数々のアトラクションを楽しみ、私はすっかり遊園地を満喫していた。昼食は遊園地内のレストランで済ませたが、午後からは一段と来場者が増えたように感じる。

隼人さんはずっと私に付き合ってばかりだけれど、いいのかな？

うしろめたさを感じるのは、肝心のシャッツィのエリアに足を運べていないからだ。

何度か近くまで行ったが、長蛇の列を見ては引き返すのを繰り返している。並ぼうかと提案する私に対し、関係者である自分たちが中に入るくらいなら、他の来場者に楽しんでほしいと隼人さんは答えた。

たしかにそうだと納得する。

「すごく賑わっていますね。嬉しいです」

「あの様子なら期間の延長か、次の開催を確約できそうだな」

隼人さんと話しながら、入れずじまいのシャッツィのエリアをあとにしようとした。

「未希ちゃん？」

そのとき不意に声をかけられ、辺りを見渡す。すぐ近くでベビーカーを押している女性が目に入った。

「早川《はやかわ》さん」

彼女は私の下へゆっくりと近づいてきた。セーターにジーンズとシンプルな服装だが、可愛らしい雰囲気は相変わらずだ。年齢は私より十歳年上だと言っていたけれど。

最後に会ったときから髪がかなり伸びている。

「久しぶり、元気？」

早川さんは、産後に家事代行業を依頼してきて私がしばらく自宅へ通わせてもらった相手だ。

「はい。みことちゃん、大きくなってる！」

ベビーカーにちょこんと座っている赤ちゃんを見て、私は笑顔になった。

「でしょう？　もう十カ月よ」

顔立ちもしっかりして、伸びた髪の毛が小さく結われていた。こうして見ると、お母さんの面影がある。血のつながりって不思議だ。

「ご、ごめんなさいね。プライベートなときに声をかけちゃって。デート中かしら？」

みことちゃんを見ていると、早川さんの視線が一緒にいた隼人さんに移り、慌て出す。

「あ、いえ……」

私は隼人さんと早川さんの顔を交互に見て、少しだけ悩んだ。

「実は結婚したんです」

おずおずと答えると早川さんは目を丸くする。そしてぱっと顔を綻ばせた。

「えー。おめでとう！　未希ちゃん、結婚は無理だなんて話していたけれど、素敵なご縁があったのね！」

声のトーンが一段と上がり、早川さんは、まるで自分のことのように嬉しそうにしている。それから隼人さんに再度頭を下げた。

「あの、申し遅れました。私、早川と言います。奥様には娘を出産したときに大変お世話になって……」

「そうですか」

隼人さんがにこやかに答えたので、出産後に家事代行業で彼女の家に通っていた旨を説明する。すると早川さんが補足するように続けた。

「未希ちゃんにはすごく助けられたんです。夫が海外に単身赴任をしていて実家も遠方で頼れず、初めての育児で孤独を感じていた私にいつも寄り添ってくれました。家事だけではなく、彼女の存在にすごく救われたんです」

早川さんの思いに胸が熱くなる。相手の要望に過不足なく応えることを意識して、私は自分の仕事をしたまでだ。それでも、こうして誰かの役に立って喜ばれるのは本当に嬉しい。それこそ、この仕事のやりがいとでもいうのか。

ベビーカーにつるされているおもちゃにみことちゃんが手を伸ばし、鈴のような音が鳴る。笑顔で「あー」「うー」とおしゃべりしながら触っている姿はとても可愛い。

「未希ちゃんがくれたおもちゃ、すごく気に入ってこうしてよく遊んでるの」

「そうなんですか？　嬉しいです」

契約最後の日、早川さんから労いの言葉と共に入浴剤とクッキーの詰め合わせギフトをプレゼントされ、伯母の了承を得てありがたく受け取ったのだ。もらいっぱなしなのもなんなので、後日私からベビーカーなどにつりさげて遊ぶシャッツィのおもちゃを彼女に贈った。

「これ、シャッツィのよね？　今日は、ここでシャッツィのおもちゃが楽しめるエリアが期間限定であるって聞いて遊びに来たの」

「そうだったんですか」

ここで出会った意外な理由に驚く。早川さんには私がシャッツィで働いていることは話していないし、ましてや結婚相手としてそばにいる隼人さんがシャッツィの社長だなんて思っていないだろう。

「いいものを教えてくれてありがとう。それから改めて結婚おめでとう。未希ちゃんは絶対に素敵な奥さんになるし、お母さんになると思っていたから……幸せにね」

「ありがとうございます」

早川さんは笑顔で手を振り、去っていく。そのうしろ姿をしばらく眺めていた。ややあって隣に立つ隼人さんに声をかける。

「すみません、隼人さん。足を止めさせてしまって」

「いいや。未希の人柄や有能ぶりが伝わってきたよ」

お世辞だと思い軽く受け止めていると、不意に隼人さんの顔が曇った。

「それにしても、シャッツィのおもちゃを贈るとは、社員の鑑だな」

「え？」

そう告げる隼人さんの表情や口調はどこか冷めている。彼は前髪をくしゃりと掻き、自嘲的な笑みをこぼした。

「社長としてありがたいよ。さっきの限定エリアの様子を見ても思った。シャッツィの商品自体を知らなくても、長年培ったブランド力や知名度で集客は十分にできている。ただ、それは俺ではなく前社長の力で――」

「そんなことありませんよ」

心臓がバクバクと音を立てる中、私は隼人さんの言葉を否定する。隼人さんが今、どういう気持ちでいるのかはわからない。でもなんとなくつらそうなのが伝わってきて、私は必死に言葉を紡ぐ。

「隼人さん、まず、私があのベビーカートイを選んだのは、シャッツィの社員だからではありません。他社の商品と比べてシャッツィのものが一番いいと思ったから贈ったんです。シャッツィのおもちゃはどんな人にも自信を持って勧められますし、贈りたくなりますから」

正直、他社製品との比較は普段から仕事でよくしている。好みや重要視する観点は人それぞれでも、私はやっぱりシャッツィのおもちゃが一番好きだ。

「あと、ブランドに対する信頼や知名度はすぐには築けないかもしれませんが、その名に相応《ふさわ》しい商品にしているのは現社長である隼人さんの力ですよ。いいじゃないですか、シャッツィの名前だけで商品を手に取ってもらっても。そこから長く、より多くの人に使ってもらうには中身が伴わないとならないんですから」

伝統やブランド名を重要視するのは消費者としては当然だ。けれどその分、期待値も上がる。使ってみたときに感じる落差は激しい。

ある意味、隼人さんは最初から大きな看板を背負っている状態だ。そんな中でシャッツィの名と共に業績を大きく伸ばしている。

「だからもっと自信を持ってください。けっしてブランド名だけではないです。早川さんもシャッツィのおもちゃを娘さんが気に入ってくださったからこちらに来たって言ってましたし。シャッツィの名に恥じない商品を、時代に合わせて作り、進化させ続けるのってすごく大変なのに、隼人さんはそれをやり遂げていますから」

隼人さんのことを心から尊敬している。社長としても、ひとりの男性としても。

私の勢いに圧倒され、目を丸くしている隼人さんを前にし、ふと冷静になる、思いのままに捲し立てたし、もしかするとものすごく見当違いなことを言ってしまったかもしれない。それどころか失礼に当たる発言があったのでは？

余計なことはしないって決めていたのに。

内心で自分を叱責し、隼人さんに謝罪しようとする。

ところが、その前に隼人さんの手が頭に伸びてきて、そっと撫でられた。

「ありがとう」

先ほどまでとは打って変わって穏やかな声で告げられる。

「え？」

「未希はすごいな」

顔を上げると、隼人さんは笑っていた。けれどどこか切なそうで、私は視線を逸らす。

「いえ……」

どうしてそんな表情をするの？　なにが引っかかっていたの？

次々と浮かぶ疑問を呑み込む。踏み込むわけにはいかない。そんな立場ではないし権利もない。

「そ、それにしても大人に比べて子どもの成長ってやっぱり速いんですね。最後に会ったときは本当に小さい赤ちゃんだったのにびっくりしちゃいました」

白々しく話題を変える。たった半年であんなにしっかりするなんて驚きだ。

「未希は子どもが欲しいとは思わないのか？」

「あはは。無理ですよ、育て方がわかりませんから……愛し方も」

子ども自体は好きだし、可愛いと思う。けれど自分の子どもは想像できない。母に愛された記憶もない。父親も知らない。そんな自分が母親になるなんて無理だ。

ぎゅっと唇を噛みしめ、逆に隼人さんに尋ねる。

「隼人さんこそいいんですか？　私と結婚したままだと――」

「隼人？」

男性の声で隼人さんの名が呼ばれる。そちらを向くと、男性のそばには女性がいて表情からは彼女の方が驚いているように見えた。

ふたりとも隼人さんの知り合いなのかと隣にいる隼人さんをうかがう。しかし隼人さんは無表情で口を開いた。

「徳永《とくなが》」

「よく会うな。って前は仕事絡みだったけれど」

男性が笑顔でこちらに近づいてくる。茶色い髪にゆるくウェーブをかけ、朗らかな雰囲気だ。笑うと八重歯がのぞき、少しだけ幼く見える。

「驚いた、こんなところで会うなんて。でもそうか、たしかシャッツィが絡んだ催しを今、しているんだよな」

納得した面持ちになる男性の視線が私に向けられた。

「彼女は仕事の関係者？」

「妻だ」

男性の問いかけに対し、隼人さんは即座に答える。

「え、お前、結婚したのか？　この前会ったときはそんな相手がいるなんてひと言も言わなかったのに……」

私と隼人さんを交互に見つめ、男性は私ににこやかに切り出す。

「初めまして、徳永昴《すばる》です。隼人とは高校の頃からの友人なんだ。俺の家も会社をしていてね、『徳永通商《つうしょう》』って言ったらわかるかな？　シャッツィとは会社同士のつながりもあって、この前久々に仕事絡みで隼人に会ったんだ」

徳永通商は大手貿易会社だ。誰もがその名を目にしたことがあるだろう。やはり隼人さんの付き合う人は、そういった世界の方が多いのかもしれない。

「初めまして、未希と申します」

「未希さんはどこかのご令嬢なの？」

頭を下げて挨拶をすると、徳永さんから意外な質問が飛んだ。

「え？」

「いや、だって隼人が結婚するんだから」

「徳永」

続けようとする徳永さんを隼人さんが制する。

「彼女を放っておいていいのか？」

そう言ってあとからこちらに近づいてきた女性に視線を送った。たしかに彼女ひとり取り残されている状況だ。隼人さんの指摘で徳永さんが慌て出す。

「あ、ごめん、ごめん。つい隼人に会えたのが嬉しくて」

そう言い訳すると女性はにこりと微笑んだ。

「かまいませんよ。隼人さん、お久しぶりです」

なんとなく隼人さんに向ける彼女の表情は硬い。でも、久しぶりと言っているから隼人さんの知り合いなのだろう。そもそも名前で呼んでいるのだ。

なら、彼女のぎこちなさはどうして？

「初めまして、水戸直子です」

その名前に息が止まりそうになる。しかし隼人さんの手前、私が動揺を見せるわけにはいかない。

「ご結婚、されたんですね」

「ええ」

隼人さんの回答に、水戸さんは心なしかホッとした表情になった。

「おめでとうございます」

ふたりのやりとりに鼓動が速くなる。

水戸さんの肩下まである髪はサラサラのストレートで、十分な手入れをされているのがわかる。メイクもネイルも上品で、着ているワンピースもそれ相応の値段なのが見て取れる。正真正銘のお嬢様だと感じた。

「未希さんも知っているんじゃないかな？　あの子供服で有名なＭＩＴＯのお嬢さんで」

「存じ上げています。母が……そちらの本社に勤めているので」

早口に説明する徳永さんの言葉を遮り、私は平静を装って返した。

「そうなんだ。すごいつながりだね」

徳永さんが嬉しそうに笑うので、素直に頷く。

「はい。おかげで子どもの頃、私はＭＩＴＯの服ばかり着ていたんです」

「そうなんですか、嬉しいです。お母さまにはいつもお世話になっています」

柔らかい笑みを浮かべる水戸さんは高飛車な感じはまったくなく、腰も低い。綺麗な顔に見惚れそうだ。

「いいえ。母はＭＩＴＯに勤めていることが誇りですから……ありがとうございます」

「実は俺たち婚約することになったんだ。隼人のおかげだよ」

徳永さんがさりげなく水戸さんの肩に手を置き、明るく報告してきた。その発言に衝撃を受け、私はとっさに目を伏せる。

待って、どういうこと？　割り切ったものだとしても、隼人さんは水戸さんと結婚を考えていたんだよね？　隼人さんのおかげって……。

「俺はなにもしていない」

「そう言うなって。いろいろ相談に乗ってくれただろ」

冷たく返す隼人さんの顔がまともに見られない。

「お前が勝手にしゃべっていただけの間違いじゃないか？」

隼人さんがため息をついたのがわかった。

「悪いな、長々と引き留めて。また連絡するから今度ゆっくり話そう。未希さんとの話も聞きたいし」

徳永さんはそう言って隼人さんの肩を軽く叩く。私がどう反応すればいいのか困っていると、さりげなく隼人さんに肩を抱かれる。

「行こう」

「あ、はい」

私は徳永さんと水戸さんに会釈する。彼らに背を向けて歩きながら私の心は乱れっぱなしだった。

もしかして隼人さん、徳永さんに遠慮して身を引いたのかな？

『いろいろあってね。俺がこの関係は続けられないと判断したんだ』

隼人さんから関係解消を言い出さなかったら、ふたりの関係は続いていて今頃結婚していたかもしれない。でも、だったらどうして水戸さんは隼人さんに対して気まずそうにしていたの？　隼人さんが結婚したと聞いたとき安堵していたようにも見えた。

ふと別の考えが浮かぶ。徳永さんだけではなく水戸さんも徳永さんに惹かれていたのでは？　それに気づいた隼人さんが彼女の気持ちを尊重して、自分から関係の解消を申し出たとか。

それとも同じ割り切った結婚をするにしても、隼人さんよりも徳永さんの方がいいと思う水戸さんの気持ちに隼人さんが気づいたとか？

どっちみち、隼人さんは心から水戸さんとの関係解消を望んでいたわけではないのかもしれない。

「未希」

「あ、はい」

名前を呼ばれたのと同時に、肩に回されていた手の力が緩められる。

「驚かせたな。徳永も悪い奴じゃないんだ」

「い、いいえ」

隼人さんが私に結婚を申し出た背景まで私は知る必要はない。彼の想いを突きつめる権利もない。ただ彼の求める妻の役割を果たすだけだ。

「他に寄りたいところや乗りたいものは？」

「もう十分楽しみました。隼人さん、ありがとうございます」

少し早いが、そろそろ帰ろうかと出入口に足を向ける。そのとき隼人さんに手を取られた。

「このあと未希と行きたいところがあるんだが、かまわないか？」

質問よりも彼の行動に驚き、ドキドキしながら首を縦に振った。

「デートなんだから手くらいつないでおけばよかったな」

「え、いえ。あの……」

私のうろたえぶりに隼人さんが苦笑する。これは隼人さんなりの私と夫婦になったことへの歩み寄りなのかもしれない。でも……。

「そんなに形にこだわらなくても、私にとっては十分デートでしたよ」

ふたりで出かけて、私の希望を優先してくれた。隼人さんと初めての遊園地に来られて嬉しかった。

手を離そうとしたら逆に強く握られる。

「形にこだわったわけじゃなくて、俺が未希とこうしたかったんだ」

言うや否や隼人さんは前を向いて私の手をつないだまま歩き出す。おかげで彼の表情はよく見えなかったが、今の私の顔は真っ赤に違いなかった。

「こちらのデザインなどはいかがでしょうか？」

「えっと……」

目が眩《くら》みそうなライトに照らされたショーケースには、キラキラと輝く指輪が所狭しと並んでいる。

遊園地をあとにし、隼人さんに連れてこられたのは、私でも名前を知っている有名ジュエリーブランドのお店だ。

「婚約指輪がシンプルなデザインなのでどれも重ね付けしやすいと思いますよ」

さっきからいろいろと説明してくれるが、アクセサリーにはあまり興味がないのでどうもピンとこない。

隼人さんのご両親への挨拶を前に、彼から婚約指輪を渡されたが、結婚指輪は入籍してから買いに行こうという話になっていた。

そういった順番にこだわるのは真面目な隼人さんらしい。美奈子さんには挨拶の段階で結婚指輪について聞かれた。

『婚約指輪は俺が勝手に用意したから、結婚指輪は未希の好みを優先したいんだ』

きっぱりと答えた隼人さんに、私はつい照れてしまい、美奈子さんは満足そうに微笑んだ。

とはいえ、ブランドやメーカーにとくにこだわりのない私の意思を尊重されても逆に困ってしまう。

ここを選んだのは、好きな映画のヒロインが劇中でこのブランドの指輪をいつもしていて、少しだけ憧れていたからだ。入籍したとはいえ、そこまで急いで結婚指輪を用意しなくてはいけないとは思っていなかったので、のんびりかまえていたが、隼人さんは気にしていたのかな？

店員に促されいくつか気になったものを伝えると、ケースから指輪が取り出され目の前に並べられていく。その中でゆるくウェーブを描いたデザインにピンク色の宝石とダイヤが並んで埋め込まれているものに目を奪われた。

「目を引きますよね。こちらは普通のダイヤモンドと共に希少なピンクダイヤモンドが使われているんです。はめてみますか？」

私の視線に気づいた店員がすかさず勧めてくる。

「つけてみたら、どうだ？」

どう返答しようか迷っていると、隣にいた隼人さんにも背中を押され私は小さく頷いた。

婚約指輪のときもそうだが、アクセサリーをつける習慣がなかったのでどうしても緊張してしまう。

慎重に左手の薬指にはめ、顔の前で手をかざしてみる、そこまで派手さはないが、煌《きら》めきは眩《まぶ》しい。

綺麗……。

「いいんじゃないか。よく似合っている」

店員よりも先に隣に座っていた隼人さんに褒められ、ふと冷静になった。

「で、ですが」

ピンクダイヤモンドは希少と言っていたし、どう考えてもそれなりのお値段がするのではと、今更焦る。しかし店員がすかさず、この指輪と対になる男性の結婚指輪を取りに行った。

「似合っているし、未希が気に入ったならそれでいい」

「でも、私がここのお店を選んだのは、好きな映画の影響ですし」

女性ならお気に入りや憧れのジュエリーブランドがあってもおかしくないだろう。

思い入れがそこまでなくて申し訳ない。しかも自分の立場を考えると、ここまでしてもらっていいのか。

正直に答えると、隼人さんは小さく噴き出した。

「ぜひ、俺もその映画を観たいな。タイトルを教えてくれ」

彼の反応に目を瞬かせる。てっきり呆れられると思ったのに。そのとき男性の分の結婚指輪を持ってきた店員が戻ってきた。

隼人さんが試着するのを隣で盗み見る。宝石がついていなくても、細くて長い指に指輪は十分に映えていた。

自分だけならまだしも、彼とおそろいだと思うとなんだか気恥ずかしい。サイズ調整や刻印をどうするかなどの話を進め、意外とすんなり指輪は決まった。

会計と手続きのため、再び店員が席を外す。

「隼人さん、ありがとうございます」

「お礼を言われるほどのことでもないさ。今日、未希が指輪をしていないからか俺との関係をいちいち説明しなければならないのが少し気になったんだ」

それは早川さんや徳永さんに対してのことを言っているのかな？

たしかに早川さんには私から結婚を告げたし、徳永さんには勘違いされた。左手の薬指に指輪をしていたらわかりやすいし、相手も尋ねやすかったかもしれない。

今日は行き先が遊園地なのもあって婚約指輪をはめていなかったのだ。でも、結婚していると言うくらいそこまで手間じゃない。

そうフォローしようとして思い直す。

隼人さんにとって結婚指輪はあくまで既婚者である証明書みたいなもので、自分のためにも必要だと考えたのかもしれない。少しだけ寂しく感じてしまい、すぐに頭を振って気持ちを切り替える。自分の立場を間違えてはいけない。

「未希が俺の妻だって、誰からもわかるようにしておきたいんだ」

ところが隼人さんのなにげないひと言に心が波立つ。

嬉しく思う一方で、それはどういう意味なのかと深く考えるのが怖い。だってどこまでいっても私と隼人さんの結婚は、雇用関係の延長線上にしかないのだから。

そのとき席を外していた店員がすべての手続きを終えて戻ってきた。隼人さんがおもむろに立ち上がり、私も続く。

指輪が完成したら隼人さんに連絡が行くことになった。

「未希の言っていた映画、気になるな」

「ちなみに恋愛ものではなくホラー・サスペンスですが」

気を取り直して真面目に返すと隼人さんは目を丸くした。

「意外だな、未希はそういうのはダメそうなのに」

「はい。いろいろ勘違いして観ちゃったんです。でもその映画はすごく面白くてハマっちゃいました」

店の外で店員に見送られ、私たちは歩き出す。しばらく映画の話で盛り上がりながら、様々な思いが駆け巡る。

今日は隼人さんのおかげで、ずっと行きたかった遊園地に初めて行けた。正直、仕事であることを忘れてしまいそうなほど嬉しくて楽しかった。

けれどまさか、隼人さんが結婚を考えていた水戸さんと隼人さんの同級生である徳永さんに会うなんて。

お互いに気持ちがなかったとは言っていたけれど、隼人さんは結婚まで考えていた水戸さんに会ってどう思ったんだろう。ましてや自分の友人と結婚すると聞かされて。まったく気にしていない？　水戸さんではなく私と結婚したことを本当はどう思っているの？

『未希さんはどこかのご令嬢なの？』

当然だと言わんばかりの徳永さんの質問が胸に刺さる。完全に割り切った結婚だとはいえ、隼人さんの妻として私はどう考えても分不相応だ。それでも彼が私を選んだ理由は――。

「未希？」

不思議そうに声をかけられ、慌てて隼人さんの方を向く。

「大丈夫か？」

「すみません。ぼうっとしちゃって」

反応が鈍かったらしい。隼人さんに心配をかけてはいけないと取り繕う。隼人さんは労わるようにそっと私の頭を撫でた。

駐車場にたどり着き、車に乗り込む。辺りは暗くなり、車内にはひんやりした空気が漂っていた。

「さすがに疲れただろうから、今日はこのまま外で食べて帰ろう」

エンジンをかけた隼人さんがさりげなく提案してくる。

「大丈夫ですよ。出かける前にある程度、お夕飯の準備をしてきたので」

そこらへんに抜かりはない。迷いない私の返答に、隼人さんはこちらを見た。

「無理する必要はない」

「していませんよ。自分の仕事はしますから」

当然のように返したが、なぜか隼人さんの顔が一瞬、強張った。それを見て、すぐに付け足す。

「あの、隼人さんの期待に応えたいんです。私を雇ってよかったって思ってもらいたくて……」

私の本心だった。今日一日、隼人さんと過ごして、彼のそばはやはり居心地がいいと実感した。だからこそ、彼にも私がそばにいてよかったと思ってもらいたい。そのためには仕事をきっちりこなさないと。

「もうとっくに思っている。優秀すぎるくらいだよ、俺の妻は」

彼の言葉に目を瞬かせる。隼人さんの視線は前を向いていて、暗がりの中、整った横顔を見つめた。

隼人さんに、こうしてまた救われる。車はマンションへと向かっていた。


「未希、少し休んだらどうだ？」

帰宅してから家事に取り掛かる私に、隼人さんから声がかかった。

「大丈夫ですよ。今日は一日サボってましたから。隼人さんこそゆっくりなさってください」

食洗機から乾いた食器を取り出していると隼人さんがそれを棚にしまっていく。

「すみません。私の仕事なのに」

とっさに謝罪の言葉が口を衝いて出る。

「自分も使った食器なんだ。これくらいするさ」

苦笑しながら隼人さんは、手を動かす。

「ありがとうございます」

お礼を言うと、隼人さんにそっと頭を撫でられた。

「未希こそ出かけて疲れていたのに、ありがとう」

仕事ですから、と言おうとしてやめる。今は、彼の言葉を素直に受け取りたいと思ったからだ。仕事だと割り切っていても、やはり嬉しい。

「それに、俺としてはここはふたりで早く終わらせて、できれば未希と一緒に映画を観たいんだが」

さりげなく提案され目をぱちくりさせる。話題になった映画を家で観ようと話していたのだ。いつか、と思っていたがまさか今日とは。

たしかに明日は日曜日だけれど……。

迷っている私の顔を隼人さんが覗き込む。

「仕事としてではなく、未希の意思で決めたらいい」

あくまでも私個人への誘いという体にますますどうしようか迷う。

「あの、お風呂の準備をしておきたくて……」

そこで言いよどみ、おそるおそる隼人さんを上目遣いに見た。

「だから隼人さんはコーヒーを淹れておいてくださいますか？」

私も彼と過ごしたい。仕事だからではないけれど、隼人さんが望んでくれるのなら
かまわないのかな？

隼人さんは虚を衝かれた顔をしたあと、ふっと微笑んだ。

「わかったよ、奥さん」

彼の笑顔に顔が熱くなる。私は残りの用事をさっさと済ませてしまおうとその場を
離れた。

一通りするべきことをこなしリビングに戻ると、コーヒーのいい香りが漂っていた。

ソファテーブルの上にはカップがふたつ並び、私の分のコーヒーにはミルクが用意さ
れていて、おまけにチョコレートまで添えられている。

こういった気遣いが隼人さんらしい。映画を観る準備はばっちりだ。

「お待たせしました、コーヒーありがとうございます」

「ああ」

隼人さんの隣に腰を下ろす。キスしたときと同じシチュエーションに、嫌でも記憶
がよみがえる。

でも今日は映画を観るだけだし！

ドキドキしながら前を向いていると、隼人さんがリモコンを操作し、間もなく映画が始まった。

「これ、俺も観たことがあったな」

始まって五分も経たないうちに、隼人さんは呟いた。

地上波の放送も繰り返しあったし、それなりに知名度のある作品だから、彼がどこかで観たことがあるのも納得だ。

「そうなんですか？」

「ああ、高校の頃に映画館で」

「映画館で、ですか？　いいですね！　私はリアルタイムでは観られなかったので……」

隼人さんは誰と観に行ったのかな。やっぱり当時付き合っていた彼女とか？

「徳永に誘われて渋々観に行ったんだ」

余計な考えに支配されそうになった刹那、隼人さんがポツリと呟く。

「仲がいいんですね。徳永さん、隼人さんに会えて嬉しそうでしたし」

にこやかに返すと、どういうわけか隼人さんの表情が曇った。

「そうでもないさ」

言い方にも引っかかり、思わず映画そっちのけで隼人さんを凝視する。逆に隼人さんは軽くため息をつき、映画に視線を向けていた。

どこか寂しそうな隼人さんの横顔を見つめながら、尋ねたい気持ちと深入りしてはいけないと思う気持ちという相反する想いに揺れる。

『私は絶対に社──進藤さまのプライベートには口を出しませんし、関わったりしません。依頼された仕事だけを全うしますから、心配しないでください』

やめよう。最初に宣言したじゃない。私に質問する権利はないし、余計なことは聞かないと彼にも告げた。普通の夫婦だったら、なにも気にせず尋ねられたのかもしれないけれど……。

「徳永が俺とつるんでいたのは、俺がシャッツィの跡取りだったからなんだ」

映画に集中しようと前に意識を向けたタイミングで隼人さんが口を開いた。再び彼を見ると、自嘲的な笑みを浮かべた隼人さんと目が合う。

「高校に入学してあっちから声をかけてくれて、すぐに仲良くなった。向こうも社長の息子で境遇が似ていたし、価値観も似ていた。両親や周りからのプレッシャーに対する不満を言い合ってすごく楽しかったよ」

懐かしそうに語り出す隼人さんの話に私は黙って耳を傾ける。

「でも、卒業間近に他のやつと徳永が話しているのを聞いたんだ。『親父にシャッツィの息子と仲良くしろって言われているから進藤とつるんでいただけだ』って」

ところが、続けられた内容に目を見張る。思わず声が漏れそうになったのを、すんでのところで抑えた。

高校生と言ってもまだ子どもで、それを聞いたときの隼人さんの気持ちを思うと切なくなる。なにか言いたいのに、なにを言っても上すべりになりそうで言葉が出ない。

唇を噛みしめていると、頭に温もりを感じた。

「未希がそんな顔をする必要はない」

苦笑する隼人さんに、私は両頬を押さえ顔を引き締める。どんな表情をしていたのか。

「ショックというより、自分に返ってきた気がした。俺も付き合う人間について親に口を出されてきて、嫌々ながら従っていた部分もあった。だから本当に気が合う友達がなかなかできなかったんだ。徳永を責める気にはなれない。俺がそうやって家の事情や自分にとっての損得で人間関係を築いてきたからこの結果になったんだって思い知ったよ」

隼人さんは前髪をくしゃりと掻いた。今日の徳永さんの雰囲気からして、隼人さんはその言葉を聞いても彼を責めるどころか、本人に指摘もしなかったのだろう。ひとりで納得して、全部抱えてきたんだ。

「そして情けないことに俺は、今も変われていないんだ。会社を大きくしても、社長になっても、人間的に足りないところばかりで」

「そんなことありません！」

今度は考えるよりも先に声が出ていた。目を丸くする隼人さんに、勢いよく訴えかける。

「先週のパーティーで隼人さんのこと、たくさんの経営者の方が褒めていました。会社の業績だけじゃなくて、隼人さん自身の仕事に対する姿勢や経営理念とか。皆さん、隼人さん自身を見て話されていました。損得だけで動く人なら、あんなふうに周りの信頼を得られませんよ」

美奈子さんと一緒に会った人たちは皆、隼人さん自身の人柄や手腕を褒めていた。お世辞がまったくないわけではないだろう。でも前社長である隼人さんのお父さんを知っているからこそ、会社ではなく隼人さんを見て評価している声も多かった。

「それに私たち社員だって、社長のやり方や自社の商品がいいものだって確信しているから自信や誇りを持って仕事に臨めるんです。自分のためだけではなく、ひとりでも多くの方に喜んでもらえるように……。シャッツィはそういう会社だと思います。そう思えるのは、全部社長である隼人さんの努力や人柄のおかげですよ！」

一契約社員の言葉がどれほど彼に響いているのかはわからない。もしかしたら見当違いだったり余計な発言をしたりしているかもしれない。

でも隼人さんは努力していて、きちんと他人に寄り添える人間だ。それを私は身をもってよく知っている。

「徳永さんの真意はわかりません。でも人間はロボットじゃありませんから……たとえご両親に言われたからだとしても、それだけで隼人さんと三年もずっと仲良くできませんよ。今も会社絡みだけならプライベートでわざわざ声をかけてこないと思いますし」

きっと隼人さん自身と気が合う部分が絶対にあったからだ。自身のメリットになるからと、好きでもない相手と何年も仲良くしたいとは思わないだろう。そう信じたい。

ひとり捲し立て、ふと冷静になった瞬間、背中に嫌な汗が噴き出した。

気持ちが昂ったあまり完全に好き勝手言いすぎた。隼人さんはこんな言葉をかけられるのは望んでいなかったかもしれないのに……。

「そうだな。徳永がどうであれ、あいつと過ごした高校生活は楽しかったし、今も縁が続いていることには、なんだかんだ感謝もしている」

居た堪れなさからでうつむいていると、隼人さんが静かに告げた。それを聞いて顔を上げると、目を細めている隼人さんが視界に映る。

「でも、改めてそう思えるのは未希のおかげだ。ありがとう」

笑っている顔にホッとしたのと同時に、胸が締めつけられる。

「今までこの話は誰にもしたことがなかったから少しすっきりした」

「い、いいえ。私、勝手なことばかり言ってしまって……」

お礼を言われるようなことはなにもしていない。でも隼人さんが少しでも元気になってくれたのなら、すごく嬉しい。

「ありがとうございます。大事な話を聞かせてくださって」

私も笑顔で返す。すると隼人さんの手がそっと頭に伸びてきた。

「未希になら話してもいいと思ったんだ」

それはどうして？　そう尋ねる前に隼人さんが口を動かす。

「ありがとう、奥さん」

頬が一瞬で熱くなり、とっさに目を伏せる。自分の中であふれそうになる感情を反射的に抑え込む。自分の立場を忘れてはいけない。

「あ、あの。なにか吐き出したくなったらまた言ってください。いつでも聞きますから！　隼人さんも私に甘えてくださいね」

『妻を甘やかしたいという俺の望みを叶えてくれている』

甘やかしたいだけ？　隼人さんだって甘えたいときがあるんじゃないの？

こうやって彼の話を聞くだけで寄り添えるのなら……。

「わっ」

「なら遠慮なく」

思考を巡らせていると、素早く腰に腕が回され隼人さんの方に引き寄せられる。私は勢い余ってソファに両足を乗り上げ、行儀悪くも膝立ちする格好で彼に力強く抱きしめられた。

結果的に隼人さんより視線が高い状態で私は彼を見下ろす形になる。

驚きとこの体勢に心臓が強く打ちつけ、存在を主張する。鼓動が速くなり、胸の音が隼人さんに聞こえてしまうのではと気が気ではない。

それでもすぐそばにある彼の頭に私はおずおずと手を伸ばした。いつも隼人さんがしてくれているのを思い出しながら、ぎこちなく彼の頭を撫でる。指の間をすべる髪は、想像以上に柔らかく滑らかだ。

私が触れることに対して隼人さんは顔を上げず、なにも言わない。

嫌なら、きっと抵抗しているよね？

「隼人さん。そんなに自分を責めないでくださいね。大丈夫です。隼人さんはご自身が思っている以上に、たくさんの人に愛されて大事にされていますよ」

頭を撫でながら、正直な思いを伝える。きっと私が想像する以上のものを彼は背負い続けているのだろう。自分を厳しく律して、後回しにして……。

そのとき隼人さんがゆっくりと顔を上げ、逆に私は硬直する。瞬きひとつできず、至近距離でこちらを覗き込む隼人さんと目が合う。

怖いくらい真剣な眼差しに目眩を起こしそうだ。そのまま頬に手を添えられ唇を重ねられる。あまりにも無駄のない動きに、私は微動だにできなかった。

すぐに唇は離れ、されたことを理解しようとしても思考が追いつかない。

再び顔を近づけられ、ハッと我に返った私は慌てて顔を背けた。

「こ、こういう甘え方なら私ではなく、ちゃんと好きな人とした方がいいと思います」

早口で捲し立て、隼人さんから離れようとしたが、回されている腕の力は強くびくともしない。

さらに角度的に彼の方に晒している耳に唇を寄せられ、吐息交じりに囁かれる。

「未希がいい」

甘く低い声に、勝手に体が震えた。抵抗しようとする私にかまわず、隼人さんが耳元で続ける。

「他はいらない。俺の妻は未希なんだ」

「んっ」

言い終わるや否や耳たぶに口づけられ、小さく声が漏れた。

これ以上はだめだ。自分の中で堪えている想いがあふれそうで怖い。

目をつむってぎゅっと体を縮めていると、少しだけ隼人さんが離れたのを感じた。おそるおそる目を開けてみると、彼の切なそうな表情が視界に映る。

「悪い。未希に無理をさせたり、困らせたりしたいわけじゃないんだ」

その声も口調も私への気遣いに満ちている。いつも、そうだ。隼人さんは雇い主の立場でありながら、私の気持ちを常に優先してくれる。

そんな彼だから——。

気がつけば私から隼人さんに口づけていた。目を丸くした彼が視界に入り、胸が張り裂けそうだ。

「私、無理して誰かとキスなんてできません。もちろん仕事だとしても」

彼の目を真っすぐ見つめ宣言する。しかしすぐに羞恥心から目を逸らしてしまった。

「隼人さん、だから……私は……」

それ以上は言葉にならない。けれどこれが私の素直な気持ちだ。

彼は雇用主で、この関係は仕事上のものなのだと割り切っている方がいい。適度な距離を保って彼の役に立つべきだと思っていた。

けれど、隼人さんへの気持ちを自分の中でもう誤魔化しきれない。寄り添って、気持ちを汲んでくれる彼に惹かれずにはいられなかった。また苦しくて痛い思いをするだけなのに。

「未希」

顎に手を添えられ確かめるように名前を呼ばれる。唇が触れ合うギリギリの距離で私は静かに目を閉じた。

唇の柔らかい感触に胸が締めつけられる。

拒むのが正解だったのかな。徳永さんと再会して、その同伴者が結婚を考えていた水戸さんで……隼人さんは複雑だったはずだ。

だから珍しく気持ちが弱っていて、こうして誰かに甘えたくなって……全部、一時の気の迷いかもしれない。後悔させてしまうかも。

あれこれ考えていると、そっと唇が離れた。

不意に彼と目が合い、息を呑む。色めいた瞳が私を捉え、そのまま口づけが再開する。

隼人さんがどんなつもりでも、今、私を求めてくれている気持ちは本物だ。私が彼を想う気持ちも、全部——。

隼人さんは触れ方を変え、何度も私にキスをしていく。ちゅっちゅっとリップ音が響き、私の緊張をほぐすように頬を撫でる隼人さんの手は、温かくて安心する。

キスの合間のこうした仕草ひとつで、彼に大事にされているかと錯覚してしまう。

「んっ……」

さりげなく舌先を使って唇を舐め取られ、驚きで声が漏れた。唇とはまた違う感触に体がびくりと震える。

けれど不思議とやめてほしいとは思わない。逆にジリジリと焦らされるようなもどかしささえ感じはじめる。

そのタイミングで唇の隙間をなぞるように舌を這わされた。なにを求められているのか。私はおそるおそる唇の力を緩めて彼を受け入れる姿勢を見せる。

「っ……う、ん」

するとぬるりと厚い舌がすべり込んできて、口内を刺激していく。こういうとき、どんなふうに応えるのが正解なのかを知らない。戸惑っている私をよそに、隼人さんの舌は私の内頬を舐め、口蓋まで器用に舌先でくすぐる。

初めて与えられる刺激に、腰を引きそうになるが、隼人さんにばっちり捕まえられているので逃げられない。

気がつけば舌先を搦《から》めとられ、隼人さんにされるがままだ。

思わず彼の首に腕を回し自分から密着すると、隼人さんは私を抱え直してキスを進めていく。

どうしよう。頭がぼうっとしてきた。

けっして一方的ではないと伝えたくて私も舌を動かそうとするが、結局キスの主導権は隼人さんにある。

「んっ……ん」

唾液の混ざり合う音が直接脳に響いて、合間に漏れる吐息交じりの自分の声にさえ羞恥心を煽られる。

キスってこんなに気持ちよかったんだ。

強引なのに傲慢さはない。もっとしてほしくなる。

ぎゅっと隼人さんにしがみつくと、腰に回されている腕に力が込められた。目の奥が熱くなり、力が抜けていく。

キスを終わらせたのは隼人さんの方で、潤んだ瞳で彼を見つめる。息が上がって隠れるように隼人さんの胸に顔をうずめた。

なにか、なにか言わないと、と思うのに声が出せない。心理的にも物理的にもだ。

心臓が壊れそう。

とにかく呼吸を整えようと意識を集中させる。その間、隼人さんは私の頭を撫でてくれていた。

「未希」

耳元で、名前を呼ばれるだけで、肩がびくりと震える。低くよく通る声は、聞き慣れているはずなのに今は私の心を揺らすばかりだ。

「顔を見せてほしい」

懇願めいた口調に戸惑いながら返す。そう言われるとますます顔を上げられない。

「な、なぜですか？」

我ながら可愛くない反応だ。すると頭を撫でていた彼の手が頬に伸ばされ顔の輪郭をたどる。不意打ちに驚いた瞬間、顎に指をかけられ上を向かされた。すぐ近くでこちらを覗き込んでいた隼人さんと目が合う。

「キスしているときの顔も、そうやって照れている顔も全部見たいんだ」

反応を示す前に額に口づけを落とされ、パニックを起こしそうになる。

「わ、私は」

反論しようとしたら素早く唇を重ねられた。目を閉じる間もなく彼の整った顔がすぐそばにある。ゆっくりと唇が離れ、隼人さんが口角を上げた。

余裕たっぷりに微笑まれ、反射的に視線を逸らす。顔に手を添わされているせいで、今度は隠れられない。

「可愛いな、未希は」

耳たぶにキスをされ、愛おしげに囁かれる。羞恥心で体が一気に熱くなった。

「いいです。そういうの、いらないです！」

甘い言葉なんて囁かれたことがない。木下さんと付き合っていたときにもなかった事態に、顔から火が出そうだ。

「からかわないでください」

打って変わって今度は弱々しく告げた。情けない。隼人さんの仕草や言葉ひとつにいちいち反応して翻弄される。

「からかっていない」

居たたまれなさを感じていると、隼人さんは急に真面目な顔で言った。額を重ねられ、彼の瞳が私を捉える。

「本気で思っている。可愛くて真っすぐで、いつも一生懸命な未希は俺の自慢の妻なんだ」

お世辞だとか茶化されているとか受け取るのが失礼なほど、怖いくらい真剣な面持ちに息が止まる。

なんだか泣き出しそうだ。

誤魔化すように瞬きをすると、瞼に口づけが落とされる。じっと隼人さんを見つめたら、そっと唇を重ねられ、私は目を閉じた。

キスを交わしながら力強く抱きしめられ、そのまま うしろに倒される。

ソファの軋む音が耳につくが気にする余裕もない。

隼人さんの背中に腕を回し、受け入れる姿勢を見せる。

「ふっ……ん」

キスはすぐに深いものになって、唾液が混ざり合う音が響く。彼の歯列に舌を添わされ勝手に体が震えた。

映画はどんどん話が進んでいっているが、音も映像もどこか遠くのことのようだ。

隼人さんの手が服の上からさりげなく肌を撫でていく。この先の展開が、求められるものがなんなのかわからないほど子どもじゃない。

先ほどの彼の言葉を思い出す。

私、隼人さんの妻としてちゃんとやれているのかな？　隣にいても――。

「未希」

わずかに息を切らして頬に触れながら呼びかける。その声も口調も余裕がなくて、こんな隼人さんの顔を見るのは初めてだ。

このまま彼に溺れたい。隼人さんが私を選んでくれるなら。

『今みたいに仕事と捉えて、俺の妻になってくれないか？』

『家事をしてくれて、なんでも言うことを聞いてくれるから付き合ったけど、未希ってそれだけだよな』

そこで隼人さんや木下さんの過去の発言が頭を過る。おかげで自分の中にこもっていた熱がさっと冷めた。

目を見張り、体を硬直させていると、私の異変に気づいたのか隼人さんが手を止め私をうかがってくる。

「あ、あの……」

やめてほしいわけでも、心配をかけたいわけでもない。でも、隼人さんの目を真っすぐに見られず、視線を逸らしてしまう。

次の瞬間、すぐそばにあった隼人さんの温もりが消えた。彼が体を起こしたのだ。つられて私も上半身を起こす。

「先に風呂に入ってくる」

立ち上がった彼を呆然と見上げる。複雑そうな面持ちの彼が目に映り、彼の右手がゆっくりと頭に乗せられた。

「だから、そんな顔しなくていい」

穏やかな声で告げられ、頭が真っ白になった。

私、どんな顔をしていたの？

尋ねる前に隼人さんはリビングをあとにした。ひとり残された部屋で、胸が苦しくて涙が出そうになる。

なに、やってるんだろう。私……。

隼人さんの妻として、自分の意思で彼を受け入れるつもりだった。無理はしていない、その気持ちに嘘もない。

でも……。

ふと怖くなってしまった。一線を越えてしまったら、きっともっと隼人さんを好きになる。けれど感情だけで動いたら絶対にうまくいかない。私は身をもって知っているはずだ。彼もそんなことは望んでいない。

好きだから、そばにいたい。彼の役に立ちたい。それを叶えるためには割り切らないと。

やっぱり私に普通の恋愛なんて無理なのかな。結婚も。血のつながった親子である母との関係さえうまく築けないのに。

隼人さんの手が止まったのを寂しいと感じる一方で、安堵している自分もいる。

隼人さんはどう思っただろう。面倒くさいと思った？　割り切れないでいるのを見抜いたから途中でやめたのかな。

私ではなく水戸さんと結婚したとしても、隼人さんはあんなふうに優しくするのだろう。金銭が絡んでいない分、彼女とならもっと自然な夫婦関係が築けたに違いないと思うと、ますます自分が彼の妻でいる意味がわからなくなった。

第六章　裁量労働制はオフとの区別がつきにくいです

　月曜日はなにかと慌ただしい。一週間出張で不在だった篠田部長が今日は出社しているので、先週の玩具業界の交流パーティーの報告なども飛び交う。

　隼人さんは昨日、日曜日だったにもかかわらず、仕事の急な対応で二泊三日家を空けることになった。

　手短に説明されさっさと支度をする彼に、私も留守中のことなど表面的な切り返ししかできなかった。そして、あっという間に家を出る準備を整えた隼人さんを玄関で見送った。余計な会話など一切なく、仕事としてはこれが正しい。

　ひとりになり、改めて隼人さんとの関係や自分の気持ちについてあれこれ考えてみたが、はっきりとした答えは出せなかった。そもそも優先しなくてはならないのは、隼人さんの気持ちや希望だ。雇われた私はそれに添うように行動する。そう結論づけ、とにかく今は家事代行業の仕事をしっかりしようと気を引き締める。

　そう思う一方で言い知れない寂しさを感じてしまった。そんな自分を叱責し、自分の仕事を全うしようと誓う。

明日の夜には、隼人さんは帰って来る。

嬉しさと緊張が半々で押し寄せる。家の掃除は完璧にしておいた。日用品の補充も抜かりはない。

あとは今日帰宅したら、明日の夕飯の仕込みでもして、だいたい大丈夫かな。隼人さんが戻ってきたら、仕事相手として適度な距離感を保って接しよう。

そう決意し、今は仕事に集中する。

パーティーで橋本さんや木下さんと会ったこともあり、木下さんはともかく橋本さんが私と隼人さんとの結婚についてなにか面白おかしく言いふらすのでは、と懸念していたがそんな雰囲気はなかった。橋本さんのプライドの問題なのか、どうやら自意識過剰だったらしい。

「ねぇ、橋本さん、篠田部長に呼び出されているらしいけど、どうしたの？」

「なんか、交流パーティーでのプレゼンの出来が最悪だったんだって。資料はよかったけれど、取引先の名前を間違えたり、言わなければならない説明を飛ばしたりで、先方からの指摘もあって散々だったらしいよ」

仕事をしていると、うしろのデスクでコソコソと話している女性社員の話がふと耳に入る。そういえば朝から橋本さんの姿が見えない。

「橋本さん、ほとんど資料の作成に携わっていないのに、自分がするのが当然って顔して発表者に立候補していたもん」

「あれ、ほとんど沢渡さんに押しつけていたよね」

聞こえているけれど、聞こえていないふりをする。そのとき女性社員たちがぴたりとおしゃべりをやめ、それぞれ自分のパソコン画面に視線を向けた。

別室で話をしていた篠田部長が戻ってきたらしい。部長のあとに続く橋本さんの顔は、うつむき気味で蒼白だ。いつもの彼女からは考えられないほど深刻そうな表情で、私はすぐに視線を外す。

橋本さんに対しては仕事だけではなく個人的にもいろいろ思うところがある。とはいえこんな状況の彼女を見て溜飲を下げるほど、感情的にもなれなかった。

昼休み、私はいつもの公園のベンチに座り大きく息を吐いた。遠くの景色を眺めたいところだが、オフィスビルに囲まれているので近くの木々に目を遣る。

昼間はだいぶ暖かくなってきた。もう三月だ。

お弁当箱を開けて、箸を取り出す。

昨日は久々に伯母の家で夕飯を食べた。夫婦喧嘩?と驚かれたが、隼人さんが出張だと伝えると、喜んで迎えてくれた。

結婚生活はどうかと尋ねられ、なんとか誤魔化しつつ美奈子さんが伯母のファンだと伝える。

ぜひ一度会いたい！と嬉しそうに言うので、美奈子さんと伯母の対面はそう遠くない未来に実現するかもしれない。ふたりともすごくパワフルな女性だから、一緒にいたら盛り上がりそうだ。

想像して笑みがこぼれる。結婚って不思議だ。今までまったく縁のなかった人たちに新しいつながりや縁をもたらすのだから。

卵焼きを一切れ箸でつかみ、口の中に入れる。初めて食べたときに気に入ってくれたので隼人さんに出す卵焼きは、最近はみりんと砂糖、醤油で甘めに味付けするのが定番だ。

なにを作っても美味しいと言って食べてくれるのはやはり嬉しい。

隼人さん、ちゃんと食べているかな？　忙しいからって食事を抜いていないといいけれど……。

お弁当を食べ終わり、時計を見るとまだ時間に余裕があるので、しばらくここでのんびり過ごすことにする。

橋本さんはプレゼンの件だけではなく普段の仕事ぶりなどに対して他の社員からの苦情などもあり、四月から地方の支社へ転勤を命じられるのではないかという噂だ。

この数ヶ月でいろいろなことがありすぎた。

「未希」

不意に名前を呼ばれ、意識を向ける。するとそこには意外な人物が立っていた。

「秀……木下さん」

同じ営業部とはいえ、外に出ていることが多い彼とはあまり会話することがない。別れてからは、橋本さんと一緒に嫌味や見下すような発言をよく浴びせられたが、極力聞き流していた。しかし今、木下さんのそばに橋本さんはおらず、仕事の用件とも思えない。私がひとりのときに彼がわざわざ声をかけてくるなんてことは、別れてからは一度もなかった。

「結婚したのは、俺への当てつけなんだろう?」

こちらに大股で近づいてきながら言い切る木下さんに目が点になる。一体、なんの話をしているの？

私のそばに立ち、見下ろしてくる彼はあからさまに苛立っていた。

「社長との結婚だよ。家事ができるって取り入ったのかもしれないけれど、社長みたいな人は家事なんて外注すればすむ話なんだ。未希なんてすぐに捨てられるぞ」

「よ、余計なお世話です！」

反射的に言い返す。そんなことを言うためにここに来たのかと、嫌悪感からつい彼を睨《にら》みつけた。

「じゃあ、なんだよ？」

ところが木下さんはさらに吐き捨てるように問いかけてくる。

「お前の魅力はなにがあるんだよ？」

彼の質問の意図が読めず、さらに不快感で顔を歪めた。けれど木下さんはかまわずに続けていく。

「ああいう人は、結婚でさえ自分のメリットを考えてするんだよ。ＭＩＴＯの社長令嬢とも会っていたんだろ？　シングルマザーの下で育ったうえに、契約社員。おまけに女としての魅力も積極性もないお前を選んで、社長はなにを得るんだ？」

真面目に聞いてはだめだと思うのに、木下さんの言葉が胸に刺さる。

隼人さんが私を結婚相手に選んだのは、家事ができるのと美奈子さんの誤解があったからだ。仕事だと割り切れるからで、それ以上のものを求められてもいなければ、彼のためになにかできるとも思わない。

甘い雰囲気になっても、それを私が壊してしまった。

動揺しそうになりながら必死で平静を装う。とはいえ黙ったままではいられない。

「隼人さんを侮辱するような真似はやめてください。木下さんには関係ないでしょ？それにメリットを考えて私と付き合ったのは木下さんじゃないですか。私のことが好きだったわけじゃなくて、単に家事をしてくれる人がよかったんでしょ？」

もうこれ以上は聞いていられないと私は立ち上がる。さっさと去ろうとしたら、木下さんに右腕を掴まれた。

「どうせ振られて泣きを見る。俺にしておけよ」

「なにを言って……。橋本さんがいるじゃないですか」

現にパーティーでも木下さんは橋本さんと一緒にいた。しかし木下さんは鬱陶しそうに眉をひそめる。

「今、揉めているんだよ。たぶん別れる。地方へ異動するくらいなら仕事を辞めて結婚したいとか言い出して……」

彼の言い方には橋本さんに対する気遣いや愛情がまったく感じられない。他人事《ひとごと》ながら腹が立つほどに。

「それに、あの交流パーティーでのプレゼン資料も、恵が担当になっていた営業用の資料もほとんど未希が作っていたんだって？　あれ、先方にいつもめちゃくちゃ評判がいいんだよ」

「知りませんよ。散々、私のこと仕事ができないって見下してきたじゃないですか」

思えば付き合っているときもそうだった。『契約社員の未希に俺の仕事の大変さはわからない』といつも言っていた。ずっと彼は私を下に見ていたんだ。

私の冷たい声とは反対に木下さんは必死に訴えかけてくる。

「やっぱり未希がいいんだ。また未希の手料理が食べたい。未希が家事をしてくれたから仕事にも打ち込めていた」

「馬鹿にしないでください！　私はあなたの母親でも家政婦でもありません」

もしも、そんなふうに言ってくれたのが付き合っているときだったら。橋本さんの件がなかったら……。どっちみち一緒だ。木下さんにとってはすべてが自分に都合がいいかどうかだけなんだ。

今だって、彼にとってメリットがあるから私に声をかけてきている。そこに愛情なんてない。おそらく隼人さんと結婚した事実も絡んでいるのだろう。誰かのものになったら惜しく感じるなんてまるで子どもだ。

「もう仕事以外で私に関わらないでください。木下さんと私はなんの関係もありませんから」

二度と関わりたくない。別れたときとはまた違う意味で心底思う。すると木下さんは不快そうに眉をつり上げた。

「なんだよ。だったら社長は違うのか？　お前のこと愛しているのかよ？」

私はなにも答えず、彼の手を振り払って会社の方へ駆け出す。

頭がズキズキと痛み出し、顔をしかめた。違う！と反論できたらどんなにいいだろうか。けれどそれができないのが、私と隼人さんの現状を表していた。

体温計に表示された数字を見て、ため息をつく。

翌日、仕事が終わり、出張から戻る隼人さんを迎えようとマンションに急いで帰ってきたが、どうも体が思うように動かない。頭も痛くてためしに熱を測ってみたところ、三十九度五分という数字に目眩を覚えた。

熱を出すなんて何年ぶりだろうか。久しぶりの感覚に、とりあえず横になろうとパジャマに着替えベッドに入る。薬を飲んで寝ていればそのうちよくなるだろう。

まだ今週は三日もあるし、明日は水曜日だから仕事を休むかどうか悩むところだが、それ以上によりによって隼人さんの帰ってくる日に体調を崩すなんて最悪だ。

自己嫌悪と悪寒から体を丸める。熱いのに寒く感じるなんて不思議だ。

帰ってきた隼人さんに不審に思われないよう、なけなしの力を振り絞ってメッセージを送信した。この状態を知られて心配をかけてはいけない。そう思って端的に、今日明日は家事代行業の休みが欲しい旨と、夕飯は冷蔵庫に入れてあることをまとめて記す。

スマホを枕元に放り投げ、頭の痛みを誤魔化すように枕に顔をうずめた。

『社長みたいな人は家事なんて外注すればすむ話なんだ。未希なんてすぐに捨てられるぞ』

『シングルマザーの下で育ったうえに、契約社員。おまけに女としての魅力も積極性もないお前を選んで、社長はなにを得るんだ？』

昼間、木下さんに言われた内容が嫌でも頭の中で再生される。

いくら付き合っていた相手とはいえ、どうしてそこまで言われなければならないのか。今となっては腹立たしく思う一方でその通りだと認めてしまいそうな自分がいる。

妻どころか家事代行業者としての働きさえできていない。隼人さんが帰ったらくつろいでもらえるように完璧にこなすはずだった。こなさなければならなかったのに。

自分を責めながら目を閉じる。水を飲みたいが、それを取りに行く気力もない。今はとにかく眠るのが一番だ。

『本当に、なんでこんなときに熱出すのよ！　今日から出張だって言っていたのに』

苛立った母の声に身を縮める。体温計の数字を見つめ、母は鬼の形相でこちらを睨んできた。

私が小学校卒業間近の頃だ。大事な出張を控えた日の朝に発熱してしまい、母には心配されるどころかタイミングが悪いと責めたてられた。

『ごめん、なさい』

好きで熱を出したわけではないと反抗する気持ちもこの頃の私は抱けなかった。正確には抱くことも許されなかったのだ。

『まったく。いつも余計な負担ばかり増やすんだから』

申し訳なくて謝るが、母には伝わらない。枕元に市販の風邪薬とミネラルウォーターの入ったペットボトルが乱暴に置かれた。

『それ飲んで寝ていたら治るでしょ。お母さん、仕事で電話には出られないだろうから、連絡はしてこないでよ。どうせ食べられないだろうし、とにかく寝ていなさい』

『はい』

小さく頷き、母が出ていくのを布団の中で気配だけで察する。ひとりになり天井を見つめながら、こぼれそうになる涙を必死に堪えた。

母に迷惑をかけてしまった罪悪感。体のだるさと自分の不甲斐なさに、視界が滲む。ひとりぼっちの心細さも相まって目尻から涙がこぼれた。

母が帰ってくるまでに元気になっておかないと。家事もしておかなきゃ。

必死に言い聞かせ目をつむる。四日間の出張だと聞いている。けれど私の体調はまったくよくならず、悪化する一方だった。

二日経っても頭が割れるように痛くて熱も下がる気配がない。本当に死んでしまうのではないかと思い悩んだ末に、私は泣きながら初めて伯母に連絡をした。

母と伯母は仲が悪く、連絡を取り合ったり交流したりしている気配はなかったが、それでも学校に提出する緊急連絡先の保護者以外の欄に、伯母の連絡先が記してあったのだ。

子ども心に、母には電話できないと思い、そういった事情も含めほぼ初対面の伯母に話すと、彼女はすぐに来てくれて私を病院まで連れていってくれた。

結果、風邪ではなくインフルエンザで重篤になりかけていた私は点滴などの処置をしてもらいなんとか回復した。

伯母は激怒して母に連絡を取ったが、母は出張を切り上げることなく帰ってきた。

『インフルエンザだったんですって？　移さないでよ』

開口一番放たれた言葉に、さすがにショックを受ける。そこから伯母とはたびたび連絡を取り、母が忙しいときには彼女の家に行かせてもらったりするなどして交流が始まった。そういう意味で、あのとき体調を崩したのはけっして無駄ではなかったと思う。

けれど体調を崩したときの母の迷惑そうな顔は忘れられない。

苦しくて時間の感覚が不明瞭だが、ひんやりとした感覚が気持ちよくて私は重い瞼をゆっくりと開けた。

「未希」

名前を呼ばれ、一瞬母かと錯覚したがすぐに違うと気づく。

「隼人さん」

そこにはスーツ姿のまま心配そうにこちらを見下ろしている隼人さんの姿があった。

彼の大きな手が額に当てられ、心地よさを感じる。

「大丈夫か？　悪い。帰ってくるのが遅くなって」

「大、丈夫です。すみません、ちょっと体調を崩して」

かすれた声で返事をする。まだ夢現《ゆめうつつ》でどこか現実味がない。

「病院に行くか？」

「寝てたら治ります。だから、ごめんなさい。お風呂の準備とか」

「そんなこと気にする必要はない」

きっぱりと言い放つ隼人さんに、逆に申し訳ない気持ちになってくる。

「すみません」

ぽつりと呟いたひと言を皮切りに、様々な感情が胸の奥から込み上げてきた。

「ごめん、なさい」

震える声で再度謝ると、意図せず涙が出そうになる。それを誤魔化すために手の甲で目元を覆った。すると額にあった彼の手が離れる。

「謝らなくていい。未希が謝る必要はない。……俺の方こそ悪かった。もっと早く帰ってくるべきだった」

そんなことないと言いたいのに、声が出せず小さく首を横に振るのが精いっぱいだ。こんな態度はよくないと思いつつ今はその余裕がない。

すると彼が腰を落とし、ためらいがちに私の頭を撫でた。

「俺と結婚するために未希は住む場所や生活環境ががらりと変わったうえ、いつも俺がいるから、ずっと気が張っていたんだよな。疲れが溜まって体調を崩すのも無理はない」

「隼人さんの、せいじゃないです」

目に乗せていた手をずらし、彼を見る。隼人さんが責任を感じる必要はない。すべては私の体調管理の問題だ。

体感的に少し熱は下がっている気がする。わずかに冷静になり私は上半身を起こして、彼に声をかける。

「あの……私はひとりで大丈夫なので、隼人さんは休んでください」

出張から帰ってきたばかりで隼人さんも疲れているだろう。これ以上、彼を煩わせてはいけない。しかし隼人さんの表情は渋いままだ。

「こんな状態の未希を放っておけないだろう。薬は？　なにか欲しいものは？」

真剣な面持ちの彼に、私は慌てた。

「あ、あの、本当に大丈夫です。今までもひとりでなんとかしてきましたし、寝ていればそのうち」

「今まではそうでも、今はひとりじゃない」

私の言葉を遮るように隼人さんは力強く告げた。彼の手が頬に伸ばされ、真っすぐに見つめられる。

「どんな形であれ夫婦なんだ、頼ってほしいし、ちゃんと甘えてほしい」

訴えかける表情からは、嘘偽りのない彼の本心が伝わってくる。

どうして？　迷惑じゃない？

「で、でも」

わからない。欲しいものなんてない。彼に望むこともなにも……。

「それに、嘘はよくないんじゃないか？」

困惑しているような笑みを浮かべられる。その言い回しには覚えがあった。

『なにより嘘はよくないです』

彼の婚約者だと偽ってほしいと頼まれたとき、私はそう答えた。けれど隼人さんの切り返しになにも言えなかったのは、私も自分にずっと嘘をつき続けていたからだ。

ひとりでも私は大丈夫。平気だ、傷ついていない。

自分に言い聞かせて、傷ついていないふりをして平静を装った。嫌われたくなかった。鬱陶しいと思われたくなくて。でも本当は……。

「少しだけ……そばにいてもらってもいいですか？」

蚊の鳴くような声で気持ちを口にする。ものすごく緊張して言ったが、隼人さんは穏やかに笑った。

「もちろん」

彼の返答に全身の力が抜け、ホッとして涙腺が緩む。続けて隼人さんの手が頬から私の右手に重ねられた。

隼人さん、心配して帰ってきてすぐに部屋に来てくれたのかな？

彼に迷惑をかけて申し訳ないと思う一方で、隼人さんが優しいのは十分にわかっていた。私がかまわないと言っても、隼人さんは病人をそのまま放っておくような冷たい人じゃない。いつだって私に寄り添ってくれる。妻として大事にしてくれる。

ずるい。最初に言っていた話と違う。

『あえて誰かと人生を共にする気になれない』

そう言っていたのに、こんなふうにされたら勘違いしてしまいそう。気持ちが抑えられない。私は彼に惹かれている。隼人さんが好きなんだ。

横になるように促されるが、それには従わず私は隼人さんをじっと見つめた。

「もっと近くに来てほしいです」

発言してハッと我に返る。完全に無意識に口を衝いて出た言葉だった。自分で言っておきながら動揺を隠せない。

「あの、違うんです。私」

ただでさえワガママなお願いをしておいて、これ以上隼人さんになにを望んでいるのか。思わず重ねられていた手まで払ってしまう。

けれどすぐさまその腕を今度は掴まれ、ベッドの上に身を乗り出した隼人さんに抱きしめられた。かすかに甘い香りが鼻をかすめたがすぐに消え、驚きよりも先に安心感に包まれる。おずおずと背中に腕を回すと、隼人さんが身動ぎし、至近距離から私を見つめてきた。

「未希が望むのなら、喜んで」

目だけで頷くと、隼人さんは再度私を腕の中に閉じ込める。たった数日会っていなかっただけなのに、ものすごく長く感じた。

今日、張りきっていたのは仕事だからという理由だけじゃない。私自身が隼人さんに会うのをすごく楽しみにしていた。会いたかった。

ジャケットを脱いでネクタイを外した隼人さんとベッドに横になり、彼と向き合う。時刻は午後八時半過ぎ。彼は夕飯を済ませてから帰ってきたらしい。

「ごめんなさい、お疲れのところ」

「未希は謝ってばかりだな」

私の謝罪に隼人さんは苦笑する。彼の大きな手が私の頭に伸びてきて、ゆっくりと撫でた。

「正直、頼ってくれて嬉しいんだ。未希からのメッセージを最初に見たとき、てっきりマンションから出ていったのかと思った」

「え？」

まさか隼人さんがそんなふうに受け取っていたとは思わず、目を見張る。たしかに休みが欲しいとは書いたけれど、誤解を与えてしまう書き方だっただろうか。

私の顔色を読んだのか、隼人さんがなんとなく気まずそうな表情になる。

「出張前に未希を傷つけたからな。急いで帰ってきたら、部屋は暗いし未希の気配もないから血の気が引いたよ」

傷つけたとはなんのことだろうかと思ったが、すぐに理解する。映画を観ようとして彼とソファに並び、甘い雰囲気になってキスをしたものの土壇場での私の態度が問題で、その先には進まなかったことだ。

「あ、あれは……」

どう言い訳するべきか考えるが、頭がうまく働かない。そんな私を制するように隼人さんは続ける。

「未希が嫌がることはしない」

「ち、違うんです。その……」

そこで言葉を止める。どっちみち今話すことではない。私は自分から隼人さんに密着して彼の胸に顔をうずめた。

「元気になったら、ちゃんと話しますから」

彼の顔を見ずに宣言する。いつもなら心臓がうるさくてどうしようもないのに、体調を崩しているからか彼の体温が心地いいからか、遠慮なくくっつく。

「出ていきませんよ。隼人さんにおかえりなさいを言うのは私の、妻の仕事ですから」

そう言って上目遣いに彼を見た。我ながら建前と本音をうまく織り交ぜたと思う。

「隼人さん、おかえりなさい」

まだ言えてなかった言葉を告げると、隼人さんは驚いた表情をしたあと切なげに顔を歪ませ、私のおでこに自分の額を重ねた。

「ただいま、未希」

それからどちらからともなく唇を重ねる。驚くほど自然な流れで、私もこうしてほしかったのだと実感する。

心細さも、寂しさも、不安も全部吹き飛んで満たされる。

木下さんのときとは全然違う。恋って、人を好きになるって、こんなにも感情を揺さぶられるんだ。

相手のためなら、なんでもしたい。喜んで、笑ってほしい。苦しくて切ないのに……。

自分の振る舞いで相手がどう思うかばかり気にして動けなくなっていた私の本音を隼人さんは誰よりも大事にしてくれる。隼人さんを好きになってよかった。

隼人さんに身を寄せ、安心感に包まれながら私は静かに目を閉じた。

目が覚めると隼人さんの姿はなかった。昨日の彼とのやりとりのどこまでが現実でどこまでが夢なのかわからない。

もしかすると全部熱と私の願望が見せた幻だったのかな？

ひとまず上半身を起こすと、くらりと頭が揺れた。熱は下がった感じがするが、だるさはまだ残っている。ベッドサイドテーブルに置いていた体温計に手を伸ばし、脇に挟んでしばし待つ。機械音と共に表示されたのは三十七度四分の数字で、平熱に戻りつつあった。

仕事！

ふと今日は水曜日で平日なのだと思い直す。熱がないなら出社するべきだ。慌ててスマホを確認すると午前七時前で、今から準備すればまだ間に合う時間だ。

その前に隼人さんの朝食の準備を……。

掛け布団をめくり体の向きをずらしたタイミングで部屋にノックの音が響く。とっさに声が出ず、喉の調子を整えようとしたら先にドアが開いた。

「起きていたのか」

現れたのは隼人さんで、ネイビーの襟付きシャツにジーンズというラフな組み合わせは完全にプライベート仕様だ。

「体調は？」

こちらにゆっくり近づきながら隼人さんは尋ねた。

「大丈夫です。熱も下がりました」

素早く答え、回復を証明するように笑顔を作る。しかし隼人さんは納得していない面持ちでベッドサイドまで来ると私を見下ろしてきた。

こうして見ると隼人さんの髪は無造作に下ろされているだけではなく、シャワーを浴びたのか、かすかに湿っている。

ドキドキしながら見つめていると、不意に彼の手が私のおでこに伸びてきた。隼人さんは熱が下がったのを確認するように額に触れる。

「下がったのならよかった。とはいえまだ無理をするな。篠田にも連絡をしておいた。念のため明日まで休むようにと託《ことづ》けを預かっている」

　まさか部長に直接連絡されているとは思わず、身を縮めながらお礼を言う。

「ありがとうございます。あの、隼人さんお仕事は？」

「俺は午後から出社する予定だ。明日は代休にしている」

　そういえば彼は昨日、出張から帰ってきたばかりだ。もっと労わなければと思っていたら先に隼人さんが口を開く。

「なにか食べられそうか？」

「あ、はい」

　昨晩は熱が高く食欲もなかったのでなにも食べなかったのだが、今は少しだけ空腹を感じる。このあと薬を飲むためにも、なにか胃に入れておいた方がいい。

「隼人さん、朝食は？　準備しますね」

　慌ててベッドから出ようとすると、今度は私の肩に彼の手が乗せられ動きを制される。

「いいから。未希は休んでおけ」

そこで私は気になっていたことを口にする。

「隼人さん、昨日ちゃんと眠れましたか？　その、私のせいで……」

具体的な内容が言えずに口ごもっていると、隼人さんがふっと笑みをこぼした。

「心配しなくていい。未希の可愛い寝顔をすぐそばで堪能できて、俺も久しぶりによく眠れた」

「そ、それは……よかったです」

臆面もなくさらりと告げられた内容に、照れる前に返事をする。恥ずかしさを誤魔化すため髪を手櫛で整えていると、静かに顔を近づけられた。

私はきっと隼人さんのこの目に弱いんだ。

ゆっくりと目を閉じると唇が重ねられる。触れるだけの甘い口づけはすぐに終わり、目を開けて彼を見ると、不意打ちと言わんばかりに再びキスをされる。今度はすぐに離してもらえず、根負けして私が唇の力を緩めると、その隙間を軽く舐められる。

「んっ」

思わず声が漏れ、そのタイミングで隼人さんは唇を離した。至近距離で視線が交わり、彼がさりげなく私の額にキスを落とす。

「でも」

「移っても知りませんよ？」

彼の余裕たっぷりの態度が悔しくなった私は精いっぱいの強がりを口にした。

「そうなったら未希にじっくり看病してもらうさ」

なにも言い返せずにいると隼人さんは軽く私を抱きしめ、再びベッドサイドに立つ。

「また呼びに来る」

そう言って再度私に寝ておくように告げてから隼人さんは部屋を出ていった。

ひとり残され、明るさもあってか急に部屋が広く感じられる。

その感情を振り払い、ここはおとなしく隼人さんの指示に従って体を倒した。熱はないが天井が揺れている感覚があり、焦点を定めようと何度か瞬きする。

昨日のやりとりは、やっぱり夢じゃなかったんだ。

そう思うと恥ずかしいような、胸が苦しいような。

よく考えるとパジャマで髪もボサボサ、すっぴんで顔色もお世辞にもいいとは言えない状態で彼のそばにいたのかと思うと穴があったら入りたくなる。

この前も言われたけれど可愛い要素などまったくないのでは？

鼓動が速くなるのを、深呼吸して落ち着かせる。私、隼人さんに翻弄されてばかりだ。

『元気になったら、ちゃんと話しますから』

昨日、体調が回復したら彼に自分の気持ちを伝えようと決意した。けれど、今となってはその判断が正しいのかわからない。

隼人さんはどう受け取るだろう。困らせる？　それだったら一緒にいられないと、この結婚自体を考え直すかな。それは嫌だ。

私の気持ちを押しつけて負担になるくらいなら、またうまくいかないくらいなら、適度な距離を保ち、割り切ったままでいる方がいいのかもしれない。

『沢渡さんが別れたくなったら離婚でいい』

私が離婚を言い出さなければ、このままでいられる？　いてもいい？

逆に私が離婚を申し出たら、あっさり終わってしまう関係なんだ。

体調が悪いからか、さっきから思考が同じところをぐるぐると回っている。しかもマイナスの方にだ。

『まったく。いつも余計な負担ばかり増やすんだから』

『なんだよ。だったら社長は違うのか？　お前のこと愛しているのかよ？』

相手も自分を想っていてほしいと願うのは私にはそんなにも分不相応なことなのだろうか。

休んでおけと言われたもののじっとしていたらあれこれ考えてしまいそうで、私はカーディガンを羽織ってリビングに向かった。

ドアを開けるとコーヒーのいい香りがする。ところが隼人さんの姿はリビングにもダイニングにもなかった。

「隼人さん」

キッチンに立って朝食の準備をしている隼人さんに声をかけると、彼は目を丸くしてこちらを見た。

「未希、起きて大丈夫か？」

「はい。あの、よければ私が」

「もうできるから未希は座って」

キッチンに歩を進めながら申し出た私に、隼人さんはダイニングテーブルに着くよう促す。

座っていいものかと迷いながら、彼の言う通り先に席に着いた。ややあって隼人さんがお皿を持ってこちらにやってくる。

彼の前にはトーストと私が作り置きをしていたコールスローサラダ、スパニッシュオムレツが添えられたプレートが置かれる。

「未希にも同じものを用意しようか？　一応、雑炊も作ったんだが」

「隼人さんが⁉」

あまりにも予想外の言葉が放たれ、反応するのが一瞬遅れた。私のリアクションの大きさに隼人さんが苦笑する。

「たいしたものじゃないが」

「た、食べたいです！」

力強くお願いすると、隼人さんは再びキッチンに戻る。

お椀とスプーンを持ってきて私の前に置いてくれた。ネギが散らされた卵雑炊だ。

「美味しそう。ありがとうございます！」

「未希の好みに合うかわからないが、どうぞ」

手を合わせて向かい合い、食事を始める。まだ湯気が立っている雑炊をスプーンで一口すくい、息を吹きかけて口に運ぶ。想像していた味と少し違うが、味が染みていてとても美味しい。ほのかに生姜も利いていて、体の奥から温まりそうだ。

「これ、お味噌で味付けしてるんですか？」

「ああ。苦手か？」

「いいえ。私が作るのはいつも醤油ベースなので、なんだか新鮮で。この味、すごく美味しいです」

一口食べて驚いたが、味噌味だと気づいて納得するのと同時に、好きだと思った。

「それはよかった」

「今度、作り方を教えてください」

意気揚々と尋ねる私に、隼人さんはわずかに呆れた面持ちになる。

「教えるほどでもないぞ。それに未希の作った料理の方がよっぽど旨い」

私の作ったサラダを口に運びながら隼人さんは言った。

「ありがとうございます。でも、もしも隼人さんが体調を崩されたときのためにも」

「そのときは、未希の味つけで作ってくれたらいい」

言い終わらないうちに隼人さんがきっぱりと言い放った。目をぱちくりとさせ彼を見たあと、私は小さく返す。

「はい。でも披露する機会はない方がいいかもしれませんね」

できれば隼人さんには体調を崩してほしくない。さっきから胸が温かいのはこの雑炊のせいだけではないと思う。

「美味しいです。でもそれ以上に、隼人さんがこうして私のためにしてくださったことが、本当に嬉しいんです」

食べながら顔がにやけてしまう。

伯母以外で誰かに自分のために料理を作ってもらったのは初めてかもしれない。体調を崩すのは悪いことで、迷惑をかけるから自分ひとりで全部なんとかしなければならないと思っていたのに、隼人さんはこんなにも優しくて甘やかしてくれる。

「ありがとうございます、隼人さん」

笑顔でお礼を言うと、隼人さんはこちらをじっと見つめてきた。その視線の意味が理解できず、なにかまずいことを言ってしまったのかと焦る。しかし隼人さんは曖昧な笑みを浮かべた。

「お礼を言うのは俺の方だよ」

「え？」

聞き返そうとしたら先に食べ終わっていた隼人さんが立ち上がる。

「食べたら念のため薬を飲んで、今日は安静にしておけ」

「あ、はい」

話題を変えられた気もしたが、素直に頷いた。

熱が下がったとはいえまだ気だるさは残っているので、食事を終えたあと、私はおとなしくベッドに戻る。もう少し眠ったらきっと元気になるだろう。

せめて隼人さんが出社するときは見送るようにしないと。

それからどれくらい経ったのか。ウトウトしているとスマホの着信音で目を覚ました。会社からだろうかと急いで画面を確認したら、そこには意外な文字が表示されている。

【お母さん】

母が私に連絡を寄越すことはめったにない。何事だろうかと緊張しながら通話ボタンをタップした。

『あ、出た。仕事中じゃないの？』

電話をかけておいてその言い草はないのでは、と思いながらも、いちいち指摘はしない。

「今は大丈夫。どうしたの？」

『突然だけれど、今日の仕事帰りにでも時間取れない？』

挨拶や近況報告などはまったくなく、用件から述べるのは母らしいが、今回はその意図が読めない。

「なにかあったの？」

わずかに声が硬くなる。しかし母はいつもの調子だ。

『話したいことがあってね。十八時頃にあなたの会社近くのファミレスに行くから』

「ま、待って」

今日は体調を崩して会社を休んでいる旨を告げようとしたが、すんでのところでやめた。そんな話をしたら、また責められる気がしたからだ。

『どうせ契約社員なんだし残業なんてしないでしょ？　私も忙しいからあまり時間は取らせないわよ。それじゃ』

そう言って母は一方的に電話を切った。どこまでも自分のペースを崩さない人だ。

大きくため息をつきながら、スマホを枕元に放り投げ、天井を仰ぎ見る。

いつもこうやって母に振り回されるのに、どうしても拒絶することができない。

話ってなんだろう。長年の経験から、なんとなくいい内容ではない気がする。隼人さんと私の結婚についてかな。結婚式はどうするの、とかそういう話？

まったく見当がつかないが、行かないという選択肢はない。長い息を吐いて、思考をシャットダウンするためにも強引に目を閉じた。

「未希」

名前を呼ばれ、ふっと意識が浮上する。

「隼、人さん？」

寝惚け眼《まなこ》で捉えたのは、スーツを着てこちらを見下ろしている隼人さんの姿だ。

「起こして悪い。そろそろ会社に行くが、ひとりで大丈夫か？」

そこで私は目を見開き、反射的に上半身を起こした。

「だ、大丈夫です。すみません、私」

完全な不意打ちと寝起きのせいで頭が混乱する。そんな私の頭を隼人さんはそっと撫でた。

「極力早く帰ってくるから、ちゃんと寝ておけよ」

「あ、実は母から連絡があって、十八時頃にうちの会社近くのファミレスに来るらしく、会うことになりまして」

心配してもらって申し訳ないが、これは伝えておかなければ。下手すると隼人さんの方が早く帰ってきてしまうかもしれない。

「お母さんと、なにを？」

訝しげな表情で隼人さんは尋ねてきた。彼が母にあまりいい印象を抱いていないのは無理もない。けれど私は無理矢理笑顔を作る。

「それはわからないのですが……時間を取らせないと言っていたので、すぐ終わると思います」

隼人さんはなにか言いたそうにしながらも、ややあって小さくため息をついた。

「わかった。うちの会社の近くなら、終わったら連絡をくれないか？　一緒に帰ろう」

「で、でも」

もしも隼人さんを待たせることになったら申し訳ない。けれど隼人さんは譲らなかった。

「いいから。必ず連絡するように」

そう言われると拒否できず、私は素直に頷く。

「はい」

頭を撫でていた彼の手が離れ、隼人さんは改めて私と目を合わせてきた。

「帰ってきたら、未希に大事な話があるんだ」

「大事な話？」

真剣な面持ちの彼に、私は戸惑う。それはいい話なのか、悪い話なのか。

「今じゃだめなんですか？」

言い知れない不安を解消したくなり隼人さんにねだると、彼は困惑気味に笑った。

「できれば未希の調子がいいときにゆっくりと話したいと思っている」

どうやら気軽に話せる内容ではないらしい。ましてや彼は出社前で時間がないのだ。

「わかりました」

自分本位だったと急に恥ずかしくなる。私、なにを言っているんだろう。

「玄関までお見送りします」

全部、仕事として彼の意思を尊重しながら受け取らないと。

「無理するな」

ところが彼に制され、つい唇を尖らせる。

「してません。私が隼人さんをちゃんとお見送りしたいんです」

発言してから我に返る。こういうところがだめなんだ。

「あ……あの、迷惑でしたら」

「未希が無理をしていないならかまわない。嬉しいよ、奥さん」

訂正しようとしたら優しく声をかけられる。彼のこういうところに何度救われたか、わからない。隼人さんに支えられてベッドから下りて玄関に向かう。

「出かけるまでは休んでおけ。あと、連絡忘れるなよ」

靴を履いた隼人さんが念押しするように早口に告げてくる。口調は真面目なのに内容は過保護そのもので、笑みがこぼれた。

「はーい」

わざとおどけて返事をすると、そっと頬に手を伸ばされた。怒らせたかなという一瞬の不安は、唇を重ねられたのと同時に消える。

「行ってくる」

「いってらっしゃい」

至近距離で囁かれ、照れる前に返す。隼人さんは軽く笑みを浮かべたあと、踵を返しマンションを出ていった。

もう少しだけ休んで回復したら、買い物に行って夕飯の下ごしらえをしておこう。それから掃除して、洗濯も……。

このあとの段取りを頭の中で思い描きながら、ひとまず自室に戻る。母の話はもちろんだが、それ以上に隼人さんから告げられる内容が気になってしまう。

私たちの関係が、なにか変わるのかな？

考えても答えは出ない。やはり疲れていたのか、また睡魔が襲ってきて私はおとなしく瞼を閉じた。

第七章　公私混同してしまうので退職願を出したいです

昼下がり。久しぶりにたっぷり睡眠を取ったからか、薬の効果もあったのかすっかり頭の痛みはなくなった。シャワーを浴びて着替え、てきぱきと家事を済ませていく。自分のペースを取り戻して過ごしていると、あっという間に時間は過ぎ去り、気づけば午後五時前だ。

そろそろ家を出ないと。

会社近くのファミレスはひとつしかなく、実際オフィス街の中で気軽に待ち合わせできそうなのはそこぐらいだ。

母を待たせてはいけないと無意識に気を使い、店に急いだ。日が沈むのがだいぶ遅くなった気がするが、頬をかすめる風はまだ冷たい。

ちょうど途中に銀行があるので、久々に記帳する。ＡＴＭは少しだけ混んでいたが、すぐに順番は来た。

通帳に印字される機械音がしばらく響き、出てきた通帳を確認する。残高が突然増えているのでよく見ると、隼人さんからお給料としてもらっている金額が桁違いだだからだった。

そこまで物欲もなく、隼人さんと住むようになってからは生活費もほぼかかっていない。

生活費は別に預かっているから、ここに記帳されているお金は、私たち夫婦の関係が雇用の上で成り立っているという証明だ。

律儀に今月もお金が振り込まれているのを見て、胸が痛む。

我ながら勝手だ。この関係は私が望んだものなのに。

気持ちを振り払い、先を急ぐ。

店に着くと途端に暖かい空気に包まれた。連絡すると母はすでに来ていて、サッと血の気が引く。

「未希」

声をかけられ、慌てて四人席に座っていた母の正面に腰を下ろす。グレーのパンツスーツに身を包んだ母は、ちらりと時計を確認した。

「ごめん。待たせた？」

「大丈夫よ、夕飯は？」

ドキドキしながら尋ねると、母は涼しげな顔でこちらに尋ねてくる。

「あ、帰って隼人さんと食べるから」

「そう」

　そこで無難にドリンクバーを注文する。母も同じでいいと言うので、ふたり分。そのあと自分のカップにカフェラテ、母の分のコーヒーを注いで席に戻った。

　母とふたりで過ごすのが久しぶりで、親子なのに妙に緊張してしまう。

　ここで意識せずに近況報告やなにげない会話が交わせる関係だったらどんなによかっただろう。

「あの、話ってなに？」

　カップに口をつけ、ひと口飲んでから切り出す。母はカップをテーブルに置き、一拍間を空けてから口を開いた。

「単刀直入に言うとね、進藤さんとは別れなさい」

　いろいろ想定してここに来たが、その範疇《はんちゅう》を完全に超えていた。

「なっ、なんで？」

　思わず素で聞き返す。しかし母はいつも通り、冷静そのものだ。

「彼にはうちの会社の社長令嬢である直子さんと結婚してほしいと思っているの」

　今度こそ頭を殴られたような衝撃を受ける。どういうことなのかまったく理解できない。どうして水戸さんの名前が母の口から出てくるのか。

硬直している私に母は淀みなく説明していく。

「それがね、噂で聞いたんだけれど直子さんは元々ご両親の勧めもあって進藤さんと結婚を前提に何度もお会いしていたのに、進藤さんの方から関係の解消を申し出られたそうじゃない」

母の告げた内容は事実だ。けれど話がつながらない。

「ま、待って。直子さんは徳永通商の息子さんと結婚するって……」

混乱しながら徳永さんの存在を口にする。遊園地で会ったとき、徳永さんの口から、はっきりと水戸さんと婚約した旨を告げられた。

「あら、そこまで知っていたの？　でもね、それは進藤さんから別れを告げられたからでしょ？　直子さんは本当は進藤さんと結婚したかったはずよ」

「それは……水戸さん本人がそう言ったの？」

震える声で母に尋ねる。

「さぁ？　でも徳永さんの積極的なアプローチで結婚を決めたって聞いたから、直子さんは押しに負けたんじゃないかしら？　水戸社長も早く直子さんに結婚してほしかったみたいだし」

母は軽くカップの縁に口づけ、ゆっくりとソーサーにカップを戻す。続いて私を真っすぐ見据えてきた。

「仮に直子さんが進藤さんにまだ未練があるのだとしたら、純粋に応援してあげたいな、と思ったの。彼女の望みを叶えたら、社長も私に一目置いてくれるだろうから」

目を爛々と輝かせた母の本音が透けて見えた。母は水戸さんのことを思っているわけでも、寄り添っているわけでもない。すべては自分の出世のために勝手に動いているだけだ。娘を離婚させたとしても——。

「だいたい、進藤さんは直子さんとの結婚がなくなってすぐに未希と結婚したみたいだけれど、タイミング的にはできすぎよね？ シャッツィの社長がわざわざあなたを選ぶ理由はさっぱりわからないし、あなたに結婚が向いているとも思わない。なにか事情があるんでしょ？ 愛だけではないなにかが」

違う、と否定したいが母の述べていることは事実だ。押し黙る私に母はにこりと微笑む。

「勘違いしないでね。お母さんは未希のことを責めているわけじゃないの。むしろ立派だと思うわ。感情だけで結婚してもうまくいかない、自分のメリットを冷静に考えないと。しかも相手は分不相応にも社長なんて……偉いじゃない」

「違う！　私はそんなつもりで……」

母の言い方は、まるで私が自分の利益だけを考え、打算的に結婚したみたいだ。けれど客観的に見たら、私はお金をもらって隼人さんとの結婚生活を送っている。お金のためではないとはいえ、純粋な夫婦と胸を張っては言えない。

「でもね、未希には進藤さんは荷が重いと思うの。まるで違う世界の人だもの。進藤さんだって、どうせ結婚するなら未希よりも直子さんの方がよかったと、あなたと結婚して改めてそう思っているんじゃない？」

母の話に気持ちが引きずられる。隼人さんが水戸さんとの関係を解消した本当の理由がわからない。徳永さんに遠慮して身を引いたのだとしたら？　私は水戸さんの代わりなのだとしたら……。

「あなたも進藤さんと一緒にいたらわかるでしょ？　結婚は本人たちの意思だけではなく、家や会社とのつながりが大事なの。そういった世界なのよ。未希にはもっと相応しい人がいるわ。だから進藤さんとは」

「嫌！」

まるで子どもみたいな言い方だ。母の言い分もわかっている、理解している。私も仕事だと完全に割り切った結婚生活を心がけていた。いつ別れてもいいように。

けれど、それがすんなりとできないほど、私の中で隼人さんは大きな存在になっていた。

「私、隼人さんとは別れない。本人に言われるならまだしも、お母さんに言われたから別れるだなんて絶対に嫌」

「相変わらず、馬鹿なのね。未希が傷つかないように言ってあげているのに。昨日、進藤さんと直子さんはふたりで夕食を共にして、いろいろ話したそうよ」

呆れたような母の顔を二度見した。今、なんて？　隼人さんと水戸さんが？

嘘だと否定したくなる一方で、昨日、隼人さんが帰ってきて抱きしめられたときに、かすかに甘い香りがしたのを思い出す。女性ものの香水のような香りが……。

『帰ってきたら、未希に大事な話があるんだ』

あれはなんの話？　もしかして……？

青ざめる私に母が畳みかけてくる。

「未希、目を覚ましなさい。進藤さんみたいな素敵な方が本気であなたを選ぶと思う？　気が利かないし、可愛らしさもない。相手の負担になることばかりしているし、取り柄もないのに。できるのは家事くらいかしら？」

そこで母は閃いた！という面持ちになった。

「なら、進藤さんと直子さんが結婚したら、家事代行業者としてお伺いしたら？　お役に立ててお金もいただけて……いいじゃない。それくらいでちょうどいいのよ、未希には」

「やめて！」

これ以上聞いていたくなくて、つい叫ぶ。すると母は不快そうに顔をしかめた。

「大声なんか出して、恥ずかしいわね。こっちはあなたのために言ってあげているのよ。昔からそう。どうしてわからないの。未希があまりにもできない娘だから、未希の幸せのために私は」

「余計なお世話です」

そこで第三者の声が割って入り、驚いて視線を上げる。

「隼人……さん」

現れた人物に母も目を丸くする。テーブルの横には息を切らし厳しい顔をしてこちらを見下ろしている隼人さんが立っていた。

隼人さんは母の方を見る。

「なにか大きな勘違いをしているみたいですが、直子さんは私の友人である徳永と本人たちの意思で結婚するんです。昨日、ふたりに会って改めて祝福しました。彼女たちも私の結婚を喜んでくれましたよ。私は未希と別れるつもりはありません」

　きっぱりとした口調に母は唇を震わせながら反論する。

「いいんですか、こんな娘で？　仮に直子さんではなくても、あなたにはもっと相応しい人がいるでしょう？　わざわざこの子を伴侶に選ぶなんて……進藤さん、後悔しますよ？」

「後悔するのはあなただ。謙遜のつもりで娘を見下し、傷つけているのも理解できない。水戸社長に母子関係は良好だと伝えているようですが、あなたが未希にしてきた仕打ちを私からお話ししましょうか？　子供服をメインに展開している水戸社長は、子どもを優先し、大事にするようにと社員にも常々言っているそうですね。今回の件も社長が知ったらどう思うか……」

　母の顔がさっと青くなる。伯母から聞いたことがある。ＭＩＴＯは本来子どもがいても働きやすい会社なのに、母は出世を狙い、仕事を最優先にしているのだと。

　隼人さんが私の腕を引き、立つように促した。まだ状況についていけないまま私は席を立つ。つられるように母もその場に立ち、なにか言いたそうな表情で隼人さんを見つめた。

　隼人さんは母を真っすぐに見つめた。

「未希を……産む決断をして育てていただいたことには感謝します。でもあなたの思う幸せは彼女には必要ない。未希は私が必ず幸せにします」

母は目を見開き硬直している。そんな母をよそに隼人さんは裏返しになっている伝票の上に財布から取り出した一万円札を置いて、歩を進めようと私の肩を抱いた。

けれど私は母の方を振り向き口を開く。

「お母さん」

心臓がバクバクと音を立てるのを無視して、私は勢いよく頭を下げた。

「不出来な娘でごめんなさい。理想の娘じゃなくて、いつも煩わせてばかりで。でも私、ずっとお母さんに認めてほしかった。喜んでほしかった」

結婚を伝えたとき、一言でいいからおめでとうと言ってほしかった。期待しないようにしようと思っていても、心の奥底では母に期待していたんだ。

「もう連絡しないし、してこないで。仕事頑張ってね。体に気をつけて」

泣きそうになるのを必死に堪える。母の顔を見ないまま、今度こそ隼人さんに促されて店の外に出た。

会社近くのファミレスでなにをやっているんだろう。あんなところで話す内容ではなかったかもしれない。けれど、どこかスッキリしている。寂しさがまったくないと言えば嘘になるが、後悔はない。

その一方で、隼人さんを巻き込んでしまったのは申し訳なく思う。

ファミレスを出ると、駐車場に彼の車が停まっているのが見えた。どうやら連絡が遅かったからか、心配して来てくれたらしい。

ふたりとも無言で車に乗り、耐え切れなくなった私は自ら切り出す。

「あの、隼人さん」

シートベルトを締め、エンジンをかけたタイミングで声をかけた。隼人さんの視線がこちらを向いたのとほぼ同時に頭を下げる。

「さっきはすみませんでした。みっともないところをお見せしてしまって……お恥ずかしいです」

母との関係は私自身の問題だ。母がＭＩＴＯの社員であるという偶然があったとはいえ、私と結婚しなければ隼人さんを巻き込んで、迷惑をかけることはなかった。私が母と普通の親子関係を築けていたら……。

「みっともなくないし、恥ずかしくもない。親子だからって無条件でわかり合えるわけじゃないさ。お母さんに向き合って言いたいことを言えた未希は立派だったよ」

迷いのない口調に私はおずおずと頭を上げた。するとこちらを見ていた隼人さんと目が合い、彼の手がゆっくりと頭に乗せられる。

「よく頑張ったな」

労るような優しい声に、堪えていた涙があふれそうだ。

私ひとりなら、きっとあんなふうに母に向き合えなかった。母の言うことに傷つきながらも言い返せずに黙り込んでいた。

「隼人さんが……いたからです」

言葉にしたのとほぼ同時に張り詰めていたなにかが切れ、涙がこぼれ落ちる。

幼い頃から、愛されないのは自分が悪いからだと責めるのが癖になっていた。頑張って相手の期待に応えないと見捨てられてしまうと。

そうしているうちに臆病になり、誰かを好きになるのが怖くなっていった。嫌われるくらいなら最初から必要としない方がいい。

でも隼人さんと結婚して、甘えてもいいんだと教えてもらった。失敗して、迷惑をかけて落ち込む私に、頼ってほしいと言ってくれた。

嫌な顔ひとつせず弱いところを受け入れてもらえたことで、少しだけ自分を許せた。

全部、隼人さんのおかげだ。

バッグからハンカチを取り出して目元を押さえる。すると彼の手が頭から離れ、車は動き出した。再び車内は沈黙に包まれたが、気まずさなどは感じない。むしろ彼のそばはとても心地いい。

私の気持ちが落ち着くのを、隼人さんは静かに見守ってくれている。逆に彼がそばにいるから、私もこうして自分の感情を素直に吐き出せるんだ。

ややあって私から何事もなかったかのように夕飯の話題を振ると、隼人さんもいつも通りに答えてくれた。

体調を気遣われつつ帰宅してから夕飯の準備をする。といっても下ごしらえをしていたグラタンを焼くだけだ。具材は海老とホタテがメインで、サラダやスープなどはもう完成している。

「なにか手伝おうか」

「じゃあ、サラダが冷蔵庫に入っているのでテーブルに出してください」

手伝いを申し出た隼人さんに、今日は素直にお願いする。思ったより帰宅が遅くなってしまい、早く準備しなければという思いもあった。

それでも以前の私なら、雇われているのだからと頑なに手伝いを固辞しただろうな。

自分の変化に目を伏せつつ、隼人さんに言わなくてはならないことを伝える決意をする。このまま、こうして今まで通り彼と夫婦を続けられたらきっと幸せだ。

でも、はっきりさせないと。彼に伝えておかなければならないことが私にはある。

夕飯を終え、片づけをしていると、不意に隼人さんから声がかかり私は顔を上げる。

「未希」

「なんでしょう？」

「今、少しいいか？」

彼の神妙な面持ちに、胸が少しざわつく。

『帰ってきたら、未希に大事な話があるんだ』

おそらく朝告げられていた件だろう。私は一度唇を引き結び、あえて笑顔を作った。

「はい。せっかくなのでコーヒーでも淹れましょうか？」

「いや、かまわない」

珍しく断られ、手持ち無沙汰を感じつつ私は隼人さんのあとに続く。ダイニングテーブルに向き合って座るのかと思ったら、どうやらリビングで話すらしい。意識しないようにと思っていたのに、一歩踏み出すたびに心臓の音が大きくなっていく。

先にソファに座るよう彼に促されたが、私は立ったままでいた。

「未希？」

不思議そうに声をかけられ、私は意を決して隼人さんを見る。

「隼人さん。もうお金は必要ありません。私のことはクビにしてください」

突然の告白に隼人さんは目を丸くした。我ながらとんでもない発言をしている自覚はある。自分からこの関係を壊そうとするなんて。

「どうした？」

今のままでも、これまで通り隼人さんのそばにいられるかもしれない。むしろ彼にとってはそちらの方が都合がいいだろう。

でも――。

「隼人さんのそばにいたいんです。仕事としてではなく、自分の意思で」

感情が昂って声が震える。

余計なことはしないとずっと誓ってきた。迷惑をかけたくない。重荷になりたくない。

けれど、甘えたり頼ったりできる相手に、失敗しても受け止めてくれる相手に出会えた。隼人さんが私に寄り添ってくれたように、私も隼人さんに寄りかかってもらえる存在になりたい。

「その代わり、隼人さんに私と結婚してよかったって思ってもらえるように、もっと家事も妻としても頑張ります。隼人さんに相応しくなれるように。だから……」

そこで言いよどむ。胸が痛くて声がうまく出せない。

隼人さんはどう思っただろう。割り切れないなら一緒にいられないと言われるのかな？

隼人さんの結婚観は変わらないかもしれない。状況に迫られて結婚相手にされた私ではなく、もしかしたら今後隼人さん自身が結婚したいと思う人が現れる可能性だってある。

頭がぐるぐる回り心臓が口から飛び出しそうだ。ぎゅっと手を握り彼からの反応を待っていると、不意に力強く抱きしめられた。

「いい。未希はそのままでいいんだ。頑張る必要なんてない。相応しいとか、もうたくさんなんだ」

最後の吐き捨てるような言い方に私は目を見張るが、隼人さんの勢いは止まらない。

「でも俺は、いつも相手との利害関係や損得を考えて表面的な人間関係しか築いてこられなかった」

打って変わって弱々しく告げた隼人さんに、私は身動ぎしてそっと顔を上げる。すると寂しそうな表情をした彼が視界に映る。

「付き合う相手に口を出される一方で、相手も俺のことをシャッツィの社長の息子、あるいは後継者としてしか見ない連中が多いのにも気づいていた」

美奈子さんも隼人さんを後継者として厳しく育てたと言っていた。彼を取り巻く環境は子どもには重すぎるくらいのものだったのだろう。

そこで隼人さんは苦々しく笑った。

「情けない話、徳永の件で余計に頑なになったんだ」

かける言葉が見つからず、胸が締めつけられる。そんな人ばかりじゃないという言葉は、傷ついた隼人さんにはきっと響かない。私がそうだったから。

「大事なのも見られているのも俺自身じゃない。実際に俺は空っぽで、けれど付き合ううえで相手にはなにかしらのメリットを示す必要があるんだと結論づけていた。社長の肩書きは便利だったよ。そうやって上辺だけでも割り切って、それなりの関係が築けたらいいと思っていた。結婚も同じだ」

そう言って隼人さんは軽く息を吐いた。続いて私と視線を合わせ、口を開く。

「純粋に相手を想うことも、想ってもらうこともできないと思っていた。だから未希にも金を支払うと言ったんだ。未希にとってメリットと思えるもので、俺から差し出せるものはそれくらいしかなかったから」

『今みたいに仕事と捉えて、俺の妻になってほしいんだ。もちろん報酬はしっかり支払う』

そういえば隼人さんからとっさに恋人のふりを頼まれたときも〝仕事として〟と言っていた。

割り切った、感情が伴わない関係であることをはっきりさせたいからだと思っていたのに……。

「未希が仕事として結婚を受け入れてくれたものの、ずっと不安だった。未希は金が必要な素振りも、なにかに使っている様子もまったくなかったから」

嘲笑を浮かべて話す隼人さんに、気持ちが揺れる。

「なんで？　だって隼人さん……」

不安ってなに？　私と結婚したのは偶然で、ご両親を納得させるためだったはずだ。

相手が私でなくても隼人さんはきっと……。

「肩書きとか立場とかに関係なく、俺自身を見て向き合ってくれる未希に何度も救われたよ。上辺や外側だけが必要だと冷めていた俺に、中身が大事だと未希が証明してくれたんだ。そんな未希に惹かれていったのに、臆病な俺は曖昧な態度しか取れなかった。雇用関係をやめようと提案もできず、それなのに踏み込めきれなくて、未希を振り回した」

そんなことはないと首を横に振る。声が出せず、目の奥が熱くて、胸が苦しい。

だって彼の言い方は、まるで……。

「未希を愛している。初めてなんだ。俺のなにを差し出しても未希を幸せにしてみせるから、ずっとそばにいてくれないか？」

感情と共に涙もあふれ出す。これは夢かなにかだろうか。

「私も隼人さんが好きです。好きで、そばにいたくて。でもその分、嫌われたり失望されたりするのが、怖かったんです。だから余計なことをしないように、仕事だと割り切った方がいいと思って……」

雇用関係があることに安心していたのは私も同じだ。けれどいつの間にかその関係を超えたくて。線引きをしっかりするはずが、もっと隼人さんを知って近づきたくなった。

「私、まだまだ未熟で至らないところも多いし、隼人さんに迷惑をかけてしまうかもしれません。それでも……」

母や木下さんみたいな別れ方をしたらどうしようかと不安になる。隼人さんを失いたくない。

「そんなふうに思わなくていい。完璧な人間なんていないんだ。未希は思いやりがあって努力家で、いつだって人や仕事に真摯に向き合っている。そういうところに俺は惹かれた。両親や大澤社長も同じだろう」

隼人さんは私の頬を撫で、指先で私の涙を拭う。優しい手のひらの温もりと微笑みに、ますます視界が涙で滲む。

「だから大丈夫だ、自分を責める必要はない。無理をしなくても取り繕わなくても、そのままの未希がいいんだ。全部含めて愛させてくれないか？」

長い間、自分が嫌いだった。今の私だと受け入れてもらえないと思っていた。ずっと愛されたくて必死だった。

でもいいのかな？　私は隼人さんに――。

「愛されたいです。私も隼人さんを幸せにしたいから……好きです。ずっとそばにいさせてください」

希望を口にしても、相手に望んでもいい？

求めたり与えたり、どちらか一方だけじゃない。傷つきたくなくて、ずっと動けなかった私は変わるんだ、変わりたい。

ゆっくりと顔を近づけられ、目を閉じると唇を重ねられる。今まで何度かキスを交わしてきたけれど、初めてなにも考えず受け入れられた。

「なにを言われてももう放さない。こんなにも欲しいと思うのは未希だけだ」

かすかに唇が離れ、そっと囁かれる。そんな隼人さんの言葉や態度が、私の中に長い間居座り続けている不安をまた溶かしていく。

じっと彼を見つめていると、口づけが再開した。上唇を優しく食《は》まれ、続けて下唇に軽く吸われる。緩急をつけて繰り返されるキスに、次第に焦らされているような感覚に陥る。

こういうとき、どうしたらいいのかわからない。もっとしてほしい気持ちがあふれ、さりげなく自分から舌を差し出して隼人さんのキスに応えると、彼は一瞬切なそうに顔を歪めた。

引かれてしまったかと焦り、すぐさま口づけを中断しようとしたら、いきなり深く舌を差し込まれ、キスはあっという間に深いものになる。

「んっ……んん」

私からも舌を絡ませて応えようとするが、隼人さんにされるがままだ。腰に腕を回され、より隼人さんと密着する体勢になり、ますますキスは激しいものになっていく。

くちゅくちゅと唾液を交換するような舌の動きに翻弄される。淫靡《いんび》な水音と漏れる吐息が静かな部屋に響いた。胸が苦しいのは、呼吸がうまくできないことだけが原因じゃない。

頭がクラクラして足元もおぼつかなくなりそうだ。怖くて、でもやめてほしくない。じんわりと涙の膜が目を覆う。気持ちが昂って彼の首に腕を回すと、隼人さんが不意にキスを終わらせた。

「あっ」

出端をくじかれたとでもいうのか。彼と反対の行動を取った自分が恥ずかしくなる。とっさに謝罪の言葉を口にしようとしたが、息が上がって難しい。するとと隼人さんはこつんと額を重ね、私を見下ろしてきた。

「これ以上していたら、キスだけで終われなくなる」

その声はどこか切羽詰まっていて、表情にも余裕がない。けれど彼は苦々しく笑った。

「でも未希に無理をさせるつもりはないんだ。体調だって」

「あの」

隼人さんの言いたい内容を汲んで、私が声をあげた。そうだ。元気になったらちゃんと話すと言いつつ、彼を拒んだ理由を本人に伝えていなかった。

「違うんです。あのとき、その、先に進めなかったのは、隼人さんとの関係を改めて思い出したからなんです。それから、前に付き合った人にいろいろ言われたのもあって……」

私の言葉を聞いた隼人さんは目を丸くしている。彼がなにか言う前に、一番の理由である自分の気持ちを正直に伝えることにした。

「なにより、あのまま抱かれていたら……もっと隼人さんのことを好きになりそうで怖かったんです」

言いながら恥ずかしさで声が小さくなる。でも本当のことだ。

「今は？」

不意に隼人さんに尋ねられ、私は少しだけ答えに迷う。

「今も……怖いです」

そこで一呼吸置き、思いきって先を続ける。

「だって、こんなに好きになって苦しいのも、愛されたいと思うのも、隼人さんが初めてなんです」

決死の思いで告白したら、次の瞬間隼人さんにきつく抱きしめられ、私の足は床から離れた。

「あっ」

小さい子どもみたいに彼に抱き上げられ、急に視界が高くなる。

「は、隼人さん⁉」

「いいよ。もっと未希に好きになってもらいたい。俺がいないと生きていけないくらいに」

彼の行動に驚いたものの、真剣な隼人さんの口調になにも言えなくなる。隼人さんの顔を確認するように上から覗き込むと、ふと彼と目が合った。

「未希が欲しいんだ」

真っすぐに告げられた言葉に胸が高鳴り、声が出せない。だから私は彼にぎゅっとしがみついて首を縦に振った。

下りて自分で歩くべきだともうひとりの自分が訴えかけてくるが、恥ずかしくてそれさえできない。

ややあって隼人さんはある部屋に入ったのか、電気がぱっとついたのを感じ取り、おずおずと顔を上げる。

「あ、下ります」

今更ながら主張したら、隼人さんは私をそっと下ろしてくれた。グレーを基調にしたシンプルな部屋は柔らかいオレンジ色の光に照らされ、大きなベッドとパソコンで作業できるデスク、本棚などがセンスよく配置されている。男性の部屋そのもので、妙な緊張感が走った。

「隼人さんの部屋、初めて入りました」

家事代行業者としてここに通っていたときも、結婚してからも、この部屋には足を踏み入れていない。なにかを許された気がして自然と頬が緩んでしまう。

「そうだな。俺も誰かを入れたのは初めてだ」

なにげない隼人さんの発言に私は思わず彼を二度見してしまった。

「どうした？」

「あ、いえ……隼人さんの初めてで、嬉しいです」

ふっと笑みをこぼすと、隼人さんにぎゅっと抱きしめられる。

「なら、俺も未希の初めてが欲しいんだ」

「え？」

耳元で囁かれ、目を瞬かせる。どう受け取ればいいのか迷っていると、腕の力を緩めた隼人さんが私の頬に手を添え、顔を近づけてきた。

「全部、俺が塗り替える。俺だけのことしか考えられないようにするから」

目に映る彼の表情が、見たこともないような色気を孕《はら》んでいてつい視線を逸らしそうになった。しかしすぐにキスで阻止される。

さっきよりも性急な口づけが始まり、燻《くすぶ》っていた炎が再び燃え出す。隼人さんはキスをしながら器用に私の体に手を這わせていった。

「んっ」

ブラウスの上からとはいえ触れられ、思わず声が漏れる。けれど彼の手もキスも止まらない。

「あっ」

そして脇腹から上がってきた彼の手はゆるゆると胸元に触れはじめた。思わず顎を引いてキスを終わらせるが、素早く左腕を腰に回され離れられない。その間も隼人さんは手のひらや指先を使って胸に触れていく。

「ふっ……」

自分のものとは思えないほど、甘ったるい声が漏れる。それを恥ずかしいと思う暇もない。抵抗はせずに隼人さんの腕にぎゅっと捉《つか》まり、与えられる刺激に耐えた。

「可愛い」

そっと耳元で囁かれ、そのまま耳たぶに舌を這わされた。反射的に肩がびくりと震え、首をすくめる。

「やっ」

「もっと可愛らしい未希も見たいな」

そう言ってブラウスの前ボタンに手をかける。自分から望んだ展開でもあるのに、いざその場になるとつい怖気づいてしまう。

「待っ」

「待てない」

キスで口を塞がれている間に隼人さんはあっという間にブラウスのボタンを外し終えた。隼人さんは器用すぎる。両肩に手をかけられ、すべり落ちるようにブラウスは脱がされた。上半身は薄手のキャミソールとブラジャーだけになり心許《こころもと》なさと肌寒さに身震いする。

「隼、人さん」

キスの合間に訴えかけると隼人さんは口づけを終わらせ、私の頬を優しく撫でた。

その温もりにホッとする。

「隼人さんの手、温かいです」

「未希の方がよっぽど温かいよ」

そう言ってキャミソールの下に手をすべり込ませ、直接肌に触れた。そのままキャミソールを捲られていく。彼の手が少し冷たく感じたのは私の体温がわずかに高いからなのかもしれない。

「んっ……じ、自分で」

脱ぐと続けたかったが、キャミソールどころかブラジャーまでたくし上げられ、あられもない格好になってしまった。

自分で脱ぐのとこの状況では、どちらがマシだろうかと懸命に頭を働かせる。

「未希は俺に甘やかされていたらいいんだ。ほら手を上げて」

悩んだ末、私は隼人さんの言うことを素直に聞くことにした。ムードも気の利いたセリフも浮かんでこない。されるがままだ。

恥じらいが勝ってつい抵抗したものの隼人さんは丁寧に私の服を脱がし、ベッドにそっと横たわらせた。彼もシャツを脱ぎ捨て私に覆いかぶさってくる。ベッドがふたり分の体重で沈み、わずかに音を立てた。

天井のライトがぼんやり視界に映り、逞《たくま》しい隼人さんの体をまじまじと見つめる。程よく焼けて筋肉がついて引き締まった体は純粋に綺麗だ。思わず触りたくなるほどに。

じっと視線を送っていると、隼人さんがこつんと額を重ねてきた。

「なにを考えている？」

すぐに意味が理解できず、目を瞬かせる。気のせいかもしれないが、なんとなく隼人さんは怖い顔をしていた。

「過去の男のことを思い出しているんじゃないだろうな？」

「な、なんでそうなるんですか！」

続けられた言葉に反射的に噛みつく。まさかそんなことを疑われていたなんて、見当違いもいいところだ。

「隼人さんが素敵だなって見惚れていたんです」

おかげでふいっと顔を背けた。けれどすぐに後悔する。

どうしよう。せっかくの甘い雰囲気を壊しちゃった。

「悪かった」

ところが、どうするべきか迷っているところに声が降ってくる。

「くだらないことで嫉妬した。余裕がなさすぎたな」

「そんなことないです！」

自嘲的に笑う隼人さんに私は即座に返す。

「隼人さんこそ手際がよすぎて、私よりいっぱい経験しているんだなって考えたら、私も少し悲しくなって……」

彼の気持ちがまったくわからないわけでもない。私も無意識に嫉妬していた。

「全部、忘れた」

さらりと放たれた言葉を聞き返そうとしたら、唇を重ねられる。

「全部忘れたよ。もうとっくに俺は未希しか見えていない」

真っすぐ見つめてくる瞳に息を呑む。ずるい。彼のその言葉で沈みかけていた心が一気に浮上する。

「私も……隼人さんだけです」

答えると、今度は優しく口づけられた。隼人さんは体を起こすと、じっと私を見下ろしてくる。

「綺麗だな、未希は。ずっと見たかったし、触れたかった」

頬が一瞬で熱くなり、息が詰まりそうになった。隼人さんの視線に耐え切れず、隠すように両手で胸元を覆う。

「あまり見ないでください」

「なぜ？　未希はさっき俺に見惚れていただろ？」

「あ、あれは」

しどろもどろになっていると、不意に隼人さんが距離を縮めてきた。

「全部見たいんだ。未希を愛したい」

打って変わって真剣な面持ちの隼人さんに、目の奥がじんわり熱くなる。

「私も隼人さんに愛されたいです……愛してもらえますか、旦那さま？」

笑顔を向けると、隼人さんも笑ってくれた。優しい表情に思わず泣きそうになるのを、ぐっと堪える。肌に口づけを落とされ、隼人さんは大切そうに私に触れはじめた。

この温もりを手放したくない。彼の背中に腕を回し、私は隼人さんに身を委ねた。


肌寒さに身震いし、目を閉じたまま無意識に近くにある存在に擦り寄る。すると抱きしめられる感覚があり、安心感が増した。夢見心地で受け入れていたら額に柔らかい感触があり、瞼の上、頬へと移っていく。続いて唇に触れられた際、私は反射的に目を開けた。

「おはよう、未希」

一瞬、状況が理解できずに頭がフリーズした。すぐそばに隼人さんの整った顔があり、そっと唇が重ねられる。

そこで昨夜の件を思い出し、完全に覚醒する。

「おはよう、ございます」

寝起き特有の掠れた声しか出ないのが恥ずかしい。今の私はなにも身にまとっておらず、隼人さんの腕の中にいた。

遮光カーテンで覆われた部屋はまだ薄暗いが、おそらく太陽はもう昇っているだろう。そこで思考が別角度に移る。

「朝ごはん！っわ」

上半身を起こそうとしたが、すぐに隼人さんの腕の中に閉じ込められた。

「いいから」

「で、ですが」

よく見ると隼人さんはシャツを羽織っていて、自分だけ裸なのがますます心許ない。そうなると昨日の甘い夜が思い出され、頬が熱くなる。

「俺が用意するから未希はもう少しゆっくりしているといい」

せめてなにか着たいと思っていたら、隼人さんの提案に目を剥いた。

「そういうわけにはいきませんよ。それは私の仕事で」

続きはキスで口を塞がれ声にならない。さりげなく彼の手が私の肌を撫ではじめた。

「だ、め」

キスの合間に訴えかけるが、隼人さんの手は止まらない。昨晩の熱が呼び起こされ、胸が苦しくなる。

唇が離れるや否や、隼人さんは私の首元に顔をうずめ口づける。

「あっ」

背中がぞくりと震え、逃げ出したい衝動に駆られたが隼人さんが許すはずもなく、そのまま舌を這わされ、私は声にならない悲鳴をあげた。

「未希の仕事は俺に愛されることじゃないのか？」

低い声で囁かれ、その吐息でさえ刺激になって身をよじりたくなる。

「んっ」

「未希の体は柔らかいな。ずっと触れていたい」

唇と舌に加え、大きな手のひらと長い指で肌を撫でられ懐柔されていく。やめてほしいけれど、嫌悪感は微塵もない。それどころか、これ以上されていたら理性を手放しそうで怖い。

「また昨日みたいに可愛い声で俺を欲しがってくれないか？」

葛藤している私を見透かしたように隼人さんは囁いた。

たっぷり愛される中で、隼人さんは少しだけ意地悪だった。泣きそうになりながら彼を求め、今まで言ったことがないような言葉を口にしていた気がする。記憶がじわじわとよみがえり、穴があったら入りたくなる。

「忘れ、て……くだ、さい」

羞恥心と彼から与えられる刺激に泣きそうになりながら訴えた。

「なぜ？　もっといろいろな表情の未希を見せてほしいんだ。俺だけしか知らないような」

もうたくさん見せている。そう答えたいのに、口から漏れるのは甘ったるい声ばかりだ。

結局、隼人さんにされるがまま流されてしまい、朝ごはんとも昼ごはんとも言えない時間に彼の用意した食事をふたりでとった。買い物に行こうかとこのあとの予定を立てながら、なんだか本物の夫婦みたいだと照れくさくなる。

「未希」

食後のコーヒーを淹れると隼人さんに呼ばれ、私は手を止めてリビングに向かった。

「なんですか？」

どういうわけか神妙な面持ちをした隼人さんがソファに座っていた。

「ちょっとこちらへ」

改めてどうしたのだろうかと気を引き締め、隼人さんの隣に腰を下ろす。

「どうされましたか？」

「一昨日、たしかにMITOの社長令嬢と会っていたが、そこには徳永もいてふたりで会っていたわけじゃない」

出張から帰ってきた日に、隼人さんが水戸さんと会っていた件についてだ。

母にも言われて心を乱されたが、今は大丈夫だ。おとなしく隼人さんの話に耳を傾ける。

「徳永とは今、仕事でも少し関わっているんだ。本当は未希を待たせているから食事の誘いもどうしようか迷ったんだが、ずっとあいつに対して抱えていたわだかまりを話したよ」

「え？」

わだかまり、というのは徳永さんが隼人さんと一緒にいた理由についてだ。息を呑む私に、隼人さんは苦笑する。

「大慌てで弁解されて、謝られた。事情を知っている同級生に俺とつるんでいることについてあれこれ言われ、ついカッコつけてしまったらしい」

高校に入学する前、徳永さんがお父さまにシャッツィの息子である隼人さんと仲良くするように言われていたのは事実だそうだ。けれど実際に隼人さんに声をかけていろいろと話すうちに、隼人さんがシャッツィの社長令息であることとかお父さまに言われたこととか関係なく、徳永さん自身が隼人さんと一緒にいて楽しかったらしい。

ところが、隼人さんといつも一緒にいることについて必要以上にからかわれ、つい反発心で言ったのを隼人さんが聞いていたとは思ってもみなかったそうだ。

「あまりにも必死に謝るものだから、今までの張り詰めていた気持ちが吹っ飛んだよ」

「よかったですね」

すっきりした面持ちの隼人さんに、私もホッとする。すると隼人さんがじっと私を見つめてきた。

「未希が励ましてくれたから、あいつと向き合う気になったんだ。未希のおかげだよ」

「そ、そんな。私はなにもしていません。隼人さんが決意して行動された結果です」

すぐさま返したら、隼人さんは笑みを浮かべたまま優しく私の頭を撫でた。

「久しぶりに会ったとき、徳永からＭＩＴＯの社長令嬢が気になっているって相談されて、俺はあっさり手を引くことを決めたんだ」

続けられた隼人さんの説明に、思わず声をあげそうになる。瞬きひとつせず隼人さんをうかがった。

「徳永の話によると、仕事の関係で何度か彼女と会う機会があって惹かれたらしい。けれど、俺と結婚前提で会っているのも聞いていたから、直接俺に彼女との関係を聞いてきたんだ」

それで隼人さんはなんて答えたのだろうか。

緊張しつつ話の続きを待っていると、再び隼人さんの口が動く。

「正直に答えたよ。彼女とは親の勧めがあるから会っているものの、お互いそこに気持ちはないって。最初から割り切った関係だから、もうすぐ関係を解消しようと思っているとも」

「そ、それは」

やっぱり隼人さんは徳永さんに遠慮して身を引いたの？

無意識のうちに顔面蒼白になった私を安心させるように隼人さんは、私の頬に触れた。その手の温もりに気持ちが落ち着く。

「彼女が徳永と話してる場面にたまたま遭遇したことがあって、そのときの彼女の表情でわかったんだ。おそらく彼女も徳永に惹かれているって。とはいえ水戸社長の手前、彼女から関係を解消したいとは言い出しづらそうだったから俺から申し出たんだよ」

「そう、だったんですか」

隼人さんの手がそっと離れる。

「彼女のためとか、徳永のためとかそんな気持ちはない。あっさりと手放してもなにも感じないほど、俺は冷たくてドライな人間だったんだ」

言い放つ隼人さんに反射的に否定しそうになったが、その前に彼が続ける。

「でも未希だけは違った」

隼人さんは迷いなく真っすぐに告げた。

「手放したくないし、誰にも譲るつもりはない。結婚したからじゃない。未希だから大切に、大事にしたいと思えたんだ。たしかに母に勘違いされたのがきっかけだったかもしれないが、最初にも言ったように未希だから結婚を持ちかけたんだ」

『誰でもいいわけじゃない。君だから言っているんだ』

あのときは、家事代行業者の腕を買ってくれているんだと思った。少なからず信頼を得られているようだと嬉しかった。

もしかしてそれ以上に、隼人さんは私を求めてくれていたのかな？

隼人さんは私の左手に自分の手を重ね、真っすぐな眼差しを向けてくる。

「俺自身、認めるのに時間がかかったが、出会ったときから未希にずっと惹かれていた」

そう言って隼人さんは、ベルベットの生地が張られた重厚な正方形の指輪ケースを私に差し出してきた。中には、見覚えのある指輪がキラキラと光を放っている。ふたりで見に行った結婚指輪だ。

「まどろっこしくて、はっきりと言葉にしないまま未希を戸惑わせたり傷つけたりしたけれど、これからはそんな真似は絶対にしない。俺がずっと守っていく。だからなにも心配せず俺のものになってくれないか？」

指輪から隼人さんに視線を移す。笑みを浮かべたいのに、目の奥が熱くて唇を一度ぐっと噛みしめた。

「私……誰に対しても不安があって、踏み込めなかったんです。でも隼人さんが私を変えてくれました。つらくて向き合えなかった私自身に寄り添って、大切にしてもらって……誰かを好きになる気持ちを教えてもらえました」

愛されたいとずっと思っていたものの私には無理なんだと諦めていた。傷つきたくなくて、そうやって自身を守るしかなかった。

でも隼人さんに出会って、欲しかったものを見つけた。

「仕事としてではなく、隼人さんの奥さんとしてこれからも隣にいさせてください」

求めるだけではなく、隼人さんの幸せを心から願うことができる。彼のために私ができることならなんでもしたい。

かけがえのない大切な存在に出会えた。

「もちろん。俺の妻は未希だけだ。もう二度と放さない」

力強く返され、安心感と嬉しさに涙がこぼれそうだ。隼人さんから「はめても？」と尋ねられ、小さく首を縦に振る。

隼人さんはケースから指輪を取り出し、私の左手の薬指に慎重にはめていった。

改めてサイズの調整された真《ま》っ新《さら》の指輪は、私の左手の薬指にぴったりと収まる。

お店で見たときよりもずっと綺麗で輝いている。

「ありがとうございます。大事にします」

そこで私は隼人さんに伝えそびれていたことを思い出す。

「あの、このブランドを選んだのは映画の影響ってお話ししましたけれど、指輪自体はあの場でぱっと目を引かれて、私自身の好みで決めたんです……」

適当だったわけでも投げやりだったわけでもない。それをわかってほしくて必死に説明する私に隼人さんは微笑んだ。

「未希が気に入っているなら、よかった」

頭を撫でられ、彼の笑顔に胸が高鳴る。

「映画は今度改めてちゃんと観よう」

ふと真面目な顔で提案する隼人さんに目をぱちくりさせる。

「でも隼人さん、観たことあったんでしょう?」

「未希と観たいんだ」

無理をしなくても、と続けようとしたが彼はきっぱりと言い切った。彼の想いに笑みがこぼれる。

「ありがとうございます」

嬉しくてお礼を言ったらどういうわけか隼人さんの表情がかすかに渋くなった。

「そのときは誘惑に負けないようにする」

「誘惑って……」

まるで私に原因があるみたいな言い方だけれど、あのとき映画どころではなくなったのはどう考えても隼人さんのせいだと思う。

唇を尖らせる私に、隼人さんは軽く噴き出した。

「誰かと過ごす未来がこんなふうに楽しみになるとは思わなかったな」

『誰かと人生を共にする気になれない』

それは私も同じだ。不安がないとはまだ言い切れない。でもそれ以上に隼人さんのそばにいたいと心から思える。

「あの、私も隼人さんに指輪をはめてもかまいませんか?」

思い切って尋ねたら、隼人さんは目を丸くしてもうひとつのケースから指輪を取り出して差し出してくれた。

「どうぞ」

余裕たっぷりの隼人さんに対し、緊張しながら受け取った私は、彼の長い指にぎこちなく指輪をはめていく。

「私も隼人さんを幸せにしてみますから」

私なりの決意が少しでも隼人さんに伝わったらいい。そんな思いでこんなことをしたけれど、隼人さんはどう思ったかな。

ちらりと隼人さんをうかがうと彼は笑みを浮かべたままだ。

「結婚式の練習だな」

「そ、そうですね」

そんなふうに受け止められているとは予想外だった。なんとなく照れくささが増して、彼から離れようとしたら素早く唇を重ねられる。

「これも練習ですか？」

目をつむる暇もなかった私は、動揺を抑えて問いかけた。すると隼人さんは口角を上げニヤリと笑う。

「まさか」

言うや否や口づけが再開され、腰に腕を回され彼の方に引き寄せられた。今度はすぐに終わらない。

「未希を愛している。永遠に、誰よりも」

キスの合間に囁かれる言葉には隼人さんの本気が込められている。

結婚式とか関係ない。私も彼も、いつだって誓い合えばいいんだ。

視界の端に映る彼とおそろいの結婚指輪に目を細め、私は隼人さんの背中に腕を回した。

エピローグ

「もうこの光景だけで涙が出そうだわ」

「本当。未希さんすごく綺麗よ」

黒留袖に身を包んだ伯母と美奈子さんが、ブライズルームにやってきて口々に感想を漏らした。

若葉が生い茂り春よりも夏を感じる五月下旬。今日は隼人さんと私の結婚式だ。

純白のウエディングドレスをスタッフ三人がかりで着付けていく様子は鏡越しに見ていて飽きない。

「こんな素敵なお嬢さんと結婚できるなんて隼人も幸せね」

しみじみと呟く美奈子さんに、つい謙遜の言葉を口にしようとしたが、その前に伯母がにこりと微笑む。

「ありがとうございます。自慢の姪ですから」

お礼を言った伯母に目をぱちくりさせていると、美奈子さんが大きく頷いた。

「わかります。私も未希さんみたいな娘ができて嬉しいですもの。未希さん、隼人と喧嘩したらいつでも言ってきなさいね。そのときは紅実さんと全力で味方するから」

美奈子さんの口調は冗談ではなく本気だ。すっかり意気投合した伯母と美奈子さんは気がつけば昔からの友達のように仲良くなっている。

笑い合って楽しそうにしているふたりを見て心が温かくなった。

母は今日の式には来ていない。一応、伯母が連絡したみたいだけれど、どういうやりとりをしたのかは聞いていないし、もう興味はない。

母から離れる決断をして後悔するかと思ったが、意外にも私の心は安定していた。

私の意思を尊重してくれた隼人さんや隼人さんのご両親、伯母がそばにいてくれるおかげだ。花嫁の両親が不在で隼人さんに恥をかかせないかと不安だったが、そんなことは気にしなくてもいいと隼人さんもご両親も強く言ってくれた。

「伯母さん、美奈子さん。ありがとうございます」

改めてふたりにお礼を言うと、先に伯母が口を開く。

「なに言ってるの、お礼を言うのはこっちよ。夫を亡くしてひとりになった私が、未希にどれほど救われてきたことか。隼人さんと幸せにね」

伯母の答えに胸が詰まる。目の奥が熱くなり、必死に目を見開いた。

伯母がいたから家事の腕を磨くことができ、家事代行業者として働けた。隼人さんと出会えた。何度、伯母が本当の母だったらと思っただろう。

「未希さん。お母さまとのことは残念だけれど、私はもうとっくにあなたを実の娘のように思っているし、私を母親と思って頼ってほしいのよ」

続く美奈子さんの言葉に、今度こそ涙があふれそうになった。私にはこんな素敵な母がふたりもいる。

そのとき、式場のスタッフから声がかかった。そろそろ時間だ。

「先に行っているからね」

「未希さん、隼人をよろしくね」

スタッフに案内され、伯母と美奈子さんは部屋を出ていった。私も移動しなくては。

介添えスタッフにドレスのスカート部分を持ち上げられ、椅子から立ち上がる。

先日、改めて徳永さんと水戸――直子さんに会った。

徳永さんから隼人さんの件でなぜか私まで謝罪され、さらには初対面のときの振る舞いについても謝られる。

なんのことかと思ったら、『未希さんはどこかのご令嬢なの？』と尋ねたことらしい。

『隼人は昔から異性に対しても冷めていたし、結婚もどうせ親の意向で無理やりさせられる、なんて話していたから。直子との件も聞いていたし、未希さんとも割り切った関係かと思ったんだ』

徳永さんの勘違いも無理はない。実際、雇用契約を結んでの結婚だったがそこまでは説明しなかった。すると話を聞いていた直子さんが柔らかく口を挟む。

『でも未希さんといるときの隼人さん、表情も柔らかくて幸せそうで驚きました』

そう話す直子さんもとても幸せそうだ。父親である水戸社長に結婚を勧められお互いに気持ちはないと確認したうえで隼人さんと会ってはいたものの、別の機会に会って親しくなった徳永さんの存在が気になっていたらしい。

とはいえ父親の手前もあり、そう言い出せずにいると、隼人さんから関係の解消を言い渡されたそうだ。

『汚れ役を隼人さんに押しつけてしまい、申し訳なく思っていたんです』

『気にしていませんよ。あなたが幸せそうだと水戸社長も喜んでいると聞きました』

『そりゃ、俺が相手だからな』

すかさず徳永さんが口を挟むと、隼人さんは冷たい視線を彼に向け、私と直子さんは顔を見合わせて笑った。

今日の披露宴には徳永さんと直子さんも出席してくれている。隼人さん側の友人代表スピーチは徳永さんがすると聞いて、高校生の頃の隼人さんの話を聞くのをひそかに楽しみにしていた。

今日の挙式は人前式を予定している。

ヴァージンロードを一緒に歩く父親はおろか、母親もいない。それだったらと、隼人さんから提案されたのだ。

会場にはすでに伯母をはじめ、友人や会社の同僚がそろっているだろう。推薦と簡単な試験を受け、この四月から私は正社員として昨年度に引き続き第一営業部で働いている。

隼人さんと結婚するタイミングと重なったことでいろいろ言われるかと思ったが、その心配はなく皆、正社員への登用も結婚も祝福してくれた。

『沢渡さんの真面目な性格や仕事ぶりはみんなわかっているからね』

篠田部長に改めて言われ、なんだか照れくさくなる。逆に木下さんは、仕事中にお客さまの前で派手に橋本さんと揉めたらしく、彼もまた橋本さんとは違う支社へと異動になった。橋本さんにしても木下さんにしても同じ部署で誰も庇う人がいなかったのが、なんとも言えない。今、ふたりがどうしているのかは興味もないし知ろうとも思わない。

「未希」

名前を呼ばれ前を見ると、隼人さんがすでに扉の前で待機していた。光沢のあるシルバーグレーのフロックコートを着こなし、黒髪はいつもよりしっかりとワックスで固めている。モデルと言われても信じてしまいそうだ。

自然と笑顔になり彼の下へ進む。

「すごく素敵です！　隼人さん、なにを着てもお似合いですが今日は一段と」

興奮気味に話す私に対し、隼人さんはこちらをじっと見つめたままだ。その視線に私は言葉を止め、彼に尋ねる。

「どうされました？」

「未希があまりにも綺麗で見惚れていた」

不安になって問いかけると、ストレートな言葉が返ってきて反応に困った。すると隼人さんは笑みを浮かべ、私のベールに軽く触れる。

「誰かと人生を共に歩みたいと思えるなんて、未希と出会うまでは想像したこともなかった。未希が俺を変えてくれたんだ。こんなに可愛い花嫁と結婚できる俺は、世界一の幸せ者だよ」

「そ、それは私のセリフです！」

隼人さんと出会って、私は変わった。変われたの。誰かに深入りするのがずっと怖かった。期待しないように、傷つかないようにと自分を守ってきた。

でも隼人さんを好きになって自分よりも相手の幸せを願う気持ちを知った。そのためならなんだってできる。それは隼人さんが私を大事にしてくれるからだ。

「これからもずっとそばにいてください」

そんなふうに自分の思いを素直に口に出せるようになった。

「もちろん。未希が嫌だと言ってももう放さない。未希は未希のまま俺のそばにいてくれたらいいんだ」

泣くにはまだ早い。扉の向こうからオルガンの音色が聞こえ、私は隼人さんの腕にそっと手を添えた。そろそろ時間だ。

優しい笑みを浮かべる彼を見て、私も微笑む。迷ったり落ち込んだりしても、こうやって隼人さんが隣にいてくれたら全部乗り越えていける。

ゆっくりと扉が開き、私たちは前を向いた。隼人さんと歩いていく未来に胸を高鳴らせながら私は今、幸せへの一歩を踏み出した。

Fin.

特別書き下ろし番外編

初めて出会ったその日にすべて―隼人side―

十月も半ばが過ぎ、日中の気温も大分下がってきた。季節が巡り、今年に入ってから進めてきたヴィンター社との契約は順調に進んでいる。

「それにしても、まさか沢渡さんを退職させないために結婚するとは俺も驚いた」

その進行状況について報告に来て、最後の最後で言い放つ。どう考えてもそれを一番言いたかったのだろう。第一営業部部長の篠田順一《じゅんいち》は大学の同級生だ。

徳永との一件から、大学ではとくに友人も作らずにいた俺にしつこく声をかけてきたのが篠田だ。下手に取り繕わず適当にあしらっていたが、頭の回転も速くわりとドライなこいつとは妙に馬が合った。つるむような真似はしないがこうして縁は続いている。

そもそもシャッツィに来ないかと声をかけたのも俺だ。そして未希の存在を俺に伝えてきたのが篠田だった。

＊　＊　＊

「うちの部署に優秀な契約社員がいてさ。正社員にならないかって声をかけてるんだけど、なかなか頷いてもらえないんだよ」

年末に差し掛かり、忙《せわ》しない日々を送る中で、俺は部長クラスの社員との面談を行っていた。そのとき、篠田が残念そうに話を振ってきたのだ。

「彼女、めちゃくちゃ仕事ができるんだよな。作成する資料は的確で、まとめられたデータも正確でいつも先方にも評判がいい。うちの売上に確実に貢献している。それなのに、正社員どころか次年度は契約の更新さえ悩んでいるって言ってきてさ」

篠田がそこまで人を褒めるのも珍しい。そもそもどうして彼女は契約社員なのか。

俺の質問に篠田が軽く説明していく。

元々は正社員としてシャッツィに内定していたが、大学の卒業を前に伯母が倒れ、彼女の面倒を見るために内定辞退の連絡をしてきたらしい。就職試験の結果や辞退理由を考慮し、落ち着いたらでかまわないから契約社員として働かないかと声をかけたそうだ。

その判断は正しかったらしく、彼女はしっかりと仕事をこなしている。

「なら、その伯母の体調がまた悪いのか？」

「そう思って尋ねたんだが、伯母さんは回復に向かっているそうだ。とはいえ結婚でも、転職でもないらしいんだよなぁ。まだ悩んでいるって感じだけれど理由は教えてもらえなくて」

頭を抱える篠田に対し、俺は怪訝な表情を浮かべていたと思う。シャッツィへの就職希望者は後を絶たず、離職率も低い。優秀な社員を囲うために十分な環境も整えている。

それなのに彼女は、シャッツィの社員の椅子を自ら手放そうとしているのだ。

「彼女はなにが不満なんだ？　給料か？　福利厚生の面か？　うち以上に条件のいいところなんてそうそうないぞ」

俺の発言に篠田は呆れたような表情になった。

「お前なぁ。そのギブアンドテイク精神、なんとかしろよ。こちらがこれだけ与えていると思っていても、そう簡単には割り切れないものだ。抱える事情は人それぞれだから」

篠田の指摘に眉をひそめる。

相手をつなぎ止めておくためには、いい関係を築くには、いかに相手にとってこちらがメリットをもたらせるのかを示すのが大事だ。

自分が付き合う相手にも同じことが言える。今までの人生でそう学んで生きてきた。

「なら第一営業部の人間関係が相当悪いんだな」

嫌味のつもりで吐き捨てる。すぐに否定の言葉が返ってくると思ったが篠田はなんとも言えない顔をしている。

「その件についてはまた改めて相談させてくれ」

そろそろ面談時間の終了だと、篠田はゆっくり立ち上がった。そんな彼を呼び止める。

「その契約社員の彼女、名前は？」

「ああ。沢渡さんだよ。沢渡未希」

彼女の名前を頭に刻み、篠田が部屋を出ていったあと目の前のパソコンに触れ、社員のデータにアクセスする。

ただの一契約社員が辞めそうだからって、なにをムキになっているんだ、俺は。

そう思いながら表示された彼女のデータを見る。そこには初々しいスーツ姿ながらどこか落ち着いている女性の顔写真と共に【沢渡未希】の名前があった。

年が明け、新しい家事代行業者がやってくる日、俺は予定していた時間よりも早く帰宅した。

家事自体は苦ではないが、わざわざ自分だけのためにするのはどうも面倒に感じる。とくに今は仕事が忙しく、家のことも自分の食事もおろそかになりつつあった。そこを以前、母親に指摘されたときは早く結婚するようにと迫られ散々な目にあった。

そこで家事代行業者を頼み、ある程度家で家事をしているように見せることにする。ところがその業者から派遣された若い女性が、仕事もどこか適当なうえ、なにを勘違いしたのかプライベートな質問をしてくるようになり、さすがに会社に報告を入れて契約解除を申し出た。しかし、自宅を知られていることもあり、そのあともマンション近くでつきまとわれたりもした。こうなってくると逆に己の判断ミスを嘆くしかない。

しばらく業者を頼るのは控えようと思いつつ、仕事に忙殺され渋々違う業者を探す。今回は大丈夫だ。知り合いの経営者も利用したことがあると聞いたし、社長も著名人で仕事ができると評判だ。

さらには念には念をとわざわざ社長を指名した。しかし彼女が土壇場で体調を崩し、代わりの者を寄越したと連絡があったので心配なのもあり、あえて代理の担当者が来ている時間に帰宅する。

「おかえりなさいませ。家事代行サービス『紅』より派遣されました沢渡です」

「沢渡……君が？」

紅の社長から聞いていた名前と一致するが、出迎えたのはどう見ても若い女性だ。

それにしても、沢渡という名前に引っかかるが今はそれどころではない。

彼女は必死に弁解してくるが、つい嫌悪感を滲ませ吐き捨てる。

「そういう話じゃない。若い女性なのが問題なんだ」

面倒事はもうたくさんだ。淡々と説明する彼女に、そう発言してからわずかに後悔する。責める相手を間違えたかと思った次の瞬間、彼女は意志の強そうな瞳で真っすぐこちらを見てきた。その目にはどこか見覚えがあった。

「年齢や性別関係なく仕事を評価すると謳っているシャッツィの社長が、若いというだけで仕事ぶりもまったく見ずに判断なさること、とても残念に思います」

彼女のはっきりとした物言いに目を見開く。そして頭の中でいつか見た写真とつながり、名前も合わさってやっと気づいた。今は眼鏡をかけているし地味な服装とエプロン姿のため気づかなかったが、彼女は篠田が話していた第一営業部の沢渡未希だ。

「悪かった。君の言う通りだ」

だから、というわけではない。彼女の言い分は真っ当なもので、決めつけて失礼なことを言ったのは俺だ。

「たしかに、年齢や経験、性別などで仕事の出来や良し悪しを決めるのは浅はかだ。偏った見方は会社全体の成長を妨げる」

あれほど肩書きや見た目だけで判断されるのが嫌だったはずなのに、いつの間にか俺もそちら側の人間になっていた。

「撤回するよ。今日は世話になったね」

素直に告げて、仕事を終えた彼女を見送る。そのとき聞きたかったことをやっと口にした。

「なぜこの仕事を？」

「個人的な質問には答えられません」

すかさず答える彼女に、拒絶の意思を感じる。一拍間を空けて俺はゆっくりと続けた。

「社長として社員に聞いているんだ。第一営業部、営業補佐の沢渡未希さん？」

彼女の驚いた表情を見て少しだけ満足する。ここに来てからずっと家事代行業者に徹していた彼女の素の部分を初めて見た気がしたからだ。

彼女――未希は大学卒業間近で伯母である小松社長が倒れ、通院の付き添いや紅の手伝いをするために内定を辞退したこと、そのあと声をかけられ、ダブルワークをするために契約社員の立場をとって今に至ることなどを淡々と説明した。

彼女が話した内容は篠田から聞いていた内容と合致するし、言い分に不審な点はなかった。そして未希が帰ったあと、改めて彼女の仕事ぶりを確認して感心した。

作り置きされた料理は、それぞれに材料や温め方、おすすめの食べ方まで記されている。その種類に驚くのと共に、どれも見た目や栄養まで考えられているのがわかる。自分も多少料理をするから、これを用意して片づけまで済ませるのは相当手慣れてないとできないことはわかった。

元々そこまで散らかっているわけではないが、床も綺麗に掃除され、ゴミもなくなっている。小松社長がどうして自分の代わりに彼女を寄越したのか、理解できた。

そこでふと疑問が浮かぶ。

そもそも彼女はどうして自分がシャッツィの社員だと言わなかったんだ？

彼女は俺が自社の社長だと知っていたはずだ。契約社員ならダブルワークをしていたとしても問題はないだろうし、社員と言えば多少はこちらの態度も軟化したかもしれないのに。

『年齢や性別関係なく仕事を評価すると謳っているシャッツィの社長が、若いというだけで仕事ぶりもまったく見ずに判断なさること、とても残念に思います』

そこで未希の言葉を思い出し、思わず笑みがこぼれそうになった。

逆だ。彼女はむしろ自分の立場を俺に知られたくなかったのだろう。社員だとか若い女性だとかいった余計な先入観なく、仕事ぶりだけを見て評価されたかったのだ。だからこちらにも真っすぐに意見をぶつけてきたのだろう。

なるほど。彼女はどうやら本当にプロらしい。

その結論に至って完全にこちらの驕《おご》りだったと反省する。俺もそうだった。シャッツィの社長の息子だとか、親の跡を継いだとかいう先入観なく純粋に仕事ぶりを評価してほしかった。

未希とのやりとりでいろいろと気づかされた。そうなると、このあとの自分の行動は決まっている。

彼女の仕事ぶりを正当に評価すると、あえて他のスタッフに代えてもらう必要がないのは明白だ。

とはいえ、このときばかりは少しだけ私情が入っていた。彼女にもう一度会いたかった。社員だからというよりも、未希とのやりとりがどこか心地よかった。

常に相手の思惑や損得などを考え、裏を読むのが癖になっていた俺に、ストレートにぶつかってきた未希の感情は、そのまま受け取ることができた。

もっと話してみたい。彼女のことをもう少し知りたくなった。


小松社長に未希に継続して依頼したい旨を伝えると、数日後に彼女は再びうちにやってきた。

エプロンこそ身に着けていないもののシンプルな服装は前回同様だ。たいてい自分と会う女性はしっかりと気合いを入れた格好をする場合が多いので、未希の飾らない装いは逆に新鮮だった。正直、香水や化粧の匂いは苦手だ。

だからさりげなく未希が俺の隣に立ったときには嫌悪感も違和感も抱かなかった。

「コーヒーになにを入れる?」

いつもなら他人の好みなどどうでもいいし、自分の利益になる人間ならもっとあれこれ思い巡らせて会話をする。けれどこのときばかりは、自然と質問が口を衝いて出た。

「私は……あったらミルクを少し入れます」

未希の返答に少しだけ安堵する。彼女を気遣ったわけではなく、自分の好みを伝える一方で、彼女のことも知りたいと思ったのだ。

コーヒー用のミルクを探してみたが、やはりない。次に彼女が来たときのために用意しておこうと思い、我に返る。

こうして未希に対してあれこれ思うのは、彼女がシャッツィの社員だからか、この前の罪悪感からか。自分でもよくわからない。

戸惑いつつ彼女と家事代行についての契約を進めていく。

話が一段落したところで、この前の弁明をと思い、紅の前に頼んだ業者との顛末を説明すると、彼女はまるで自分のことのように怒りをあらわにした。どこか冷めていた印象の彼女が激しく感情を吐き出すのが意外だ。どうして彼女が怒っているのか。それを考えると、つい噴き出してしまう。

「私はシャッツィで働けていることを、すごく誇りに思います」

加えて、シャッツィに対する熱い想いを聞くことができた。お世辞でも社交辞令でもない彼女の言葉は胸に響いた。

会うのは二回目だが、どういうわけか未希の言葉は素直に受け入れられる。だからこそ彼女の言葉にホッと胸を撫で下ろしている自分がいた。

送っていくと告げ、車の中でも未希と他愛ない会話をする。他人と話すときは気を張るのが常だが、彼女とはそうはならない。帰りを心配したのも本当だが、俺自身もう少し未希と過ごしたい気持ちもあった。

「はい。だって社長、家事がまったくできないわけでも、苦手でもないですよね？」

その中で、ふと未希が確信めいた口調で言ってきた。今まで他人にそういった指摘をされた記憶はない。むしろ仕事以外はなにもできなさそうだとか、生活力が皆無そうだとかイメージで好き勝手言われたりはしたが。そもそも家事代行サービスを依頼している時点で、どちらかといえば家事は苦手だと思うものだろう。

不思議に思う俺に、どうしてそう感じたのかを未希は丁寧に説明していった。

彼女の洞察力に驚かされる一方で、逆にイメージや勝手な想像で相手を見ないところに好感が持てる。

「君はよく人を見ているんだな」

社長だからとか、そういった色眼鏡ではなく俺自身を見ていてくれたことが少しだけ嬉しくなり、俺はぽつぽつと事情を語っていく。

両親に結婚するよう言われていること、母がたまに抜き打ちでマンションにやってきては、俺の生活について口を出してくることなど、普段の自分では考えられないほどプライベートな話題を口にしていく。

なんとなく未希にになら話してもいいと思ったんだ。

「頼むよ。優秀なハウスキーパーさん」

彼女はこれから家事代行業者としてうちに出入りする。信頼できる人間だと判断したので、俺がいない間に家で仕事を済ませてもらえばいい。

けれど、彼女に会いたい気持ちが勝ってしまい、逆に彼女がマンションに来ているときは、つい帰宅して顔を見るようになった。

業者と依頼主として程よい距離感を保ちつつ未希は懸命に仕事をこなしていた。些細な彼女の新しい一面を見つけては、嬉しくなる。未希みたいな人間は今まで俺のそばにいなかった。それが新鮮で、きっと彼女にこんなふうに興味を持っているのだろう。元々自分は冷めた人間だ。

だからこそ、着飾った彼女と出会ったときの胸のざわめきは、初めての感覚だった。

ある日、仕事帰りにＭＩＴＯの社長令嬢と会う約束をして会社の駐車場から出ると、会社の前でなんとなく見覚えのある人物が目に入る。

一瞬、素通りしそうになったが未希だと気づいて車を停めた。すると向こうもこちらに気づき、駆け足でやってくる。

「お疲れさまです」

「お疲れ。最初、誰だかわからなかった」

もっと気の利いた言葉が言えないのかと思ったが、つい本音が漏れる。それほど俺にとって、今の彼女の格好は衝撃だったのだ。けっして似合っていないわけではなく、むしろよく似合っている。

ただ化粧も髪型も服装も、いつも俺のマンションを訪れるときとは真逆だから驚きが隠せなかった。

ワンピースにブーツを合わせ、今日はアクセサリーもつけている。一目で気合いが入っているのがわかった。

「どこか行く予定なら送ろうか？」

さりげなく気遣いを見せつつ、本当は彼女のこのあとの予定が気になったのだ。一体どこに行こうとしているのか。

「いえ。会社の前で待ち合わせをしているので」

ところが、彼女はさらりと答えた。誰と？と続けそうになったのを、すんでのところで止める。俺にそこまで尋ねる権利はない。

そうしているうちに俺も約束の時間が迫っていた。

「もしかして相手はＭＩＴＯの社長令嬢さんですか？」

未希の問いかけに目を丸くする。なぜ知っているのか。

ＭＩＴＯの社長令嬢とはお互いの両親が知り合いだったこともあり、何度かふたりで会っていた。彼女と話すうちに、互いの利害が一致し割り切った関係を結ぶつもりだったが、その計画も今日で中止だ。これから彼女との関係を終わらせるつもりでいた。

彼女との関係がそれなりに噂になっているのは知っているが、正式に婚約した覚えはない。まさか未希が知っているとは。

「どうして知っているんだ？」

俺の問いかけに未希は気まずそうな表情になる。未希は答えずに頭を下げた。

「失礼します」

そう言ってその場を離れる未希のうしろ姿を見送り、車を発進させる。

運転しながら考えるのは未希のことばかりだった。

未希は誰と会うつもりなのか。それを知ってどうするのか。

ただ、少なくともあの格好は俺のためにしたわけじゃない。今から会う誰かのためにあんなふうに可愛らしい格好をしたのかと思うと腹の底がムカムカしてくる。

会社の前で待ち合わせということは、同じくシャッツィに勤める人間かもしれない。恋人だろうか。

あれこれ思い巡らせながらため息をつく。

この感情はなんなんだ？

俺は未希のことをある程度知っているようで本当はなにも知らない。恋人の有無も、好きなものも嫌いなものも。普段はどんな格好をしていて、どんなふうに過ごしているのかも。

知りたいと思ってしまう。彼女が社員だからとか家事代行業者としてうちに出入りしているからとかは関係ない。ここまで誰かに執着するのは初めてで、俺自身気持ちを持て余していた。

ＭＩＴＯの社長令嬢との関係は解消する運びとなり、納得できないでいる母には『彼女に別に結婚を考える相手ができて、実は俺も結婚を考える相手が他にできた』と伝えた。

元々ＭＩＴＯの社長令嬢との結婚も強制ではなかった。両親たちが願っているのはあくまでも結婚で、相手にはそこまでこだわっていない。一転して喜ぶ母にこれで万事解決……といかないのは俺の方は嘘をついたからだ。

仕事の関係で久々に会った高校時代の友人徳永からMITOの社長令嬢のことが気になっていると相談を受けたのはほんの数週間前だ。

俺との関係を知ったうえで、正直に聞いてきたのはこいつらしいというかなんというか。こういうストレートなところは高校の頃から変わっていない。それが羨ましくもあり、俺は正直に彼女との関係を話した。

MITOの社長令嬢からはなにも言ってこないが、一度彼女と一緒にいるときに徳永に会い、ふたりが話す様子を見て悟った。少なくとも彼女は俺よりも徳永の方に気持ちがあると。

それを悔しいとも悲しいとも思わなかった。納得するどころか、どこか肩の荷が下りたかのようにさえ感じる。愛情も執着もなにも持てていない自分には乾いた笑いしか出ない。

両親への言い訳を考えるのや、また見合いなどを勧められるのは面倒だと、その程度の認識だった。

未希は相変わらず家事代行業者として、熱心に仕事をこなしている。彼女の働きぶりに文句などない。プライベートな話題が一切出ないわけでもないが、どうしても一線を引かれたままなのをもどかしく感じる。けれど距離の詰め方がわからない。

土曜日、会社に向かおうとする前にマンションの点検があったのを思い出し、俺は頭を抱えた。当然、立ち会わねばならない。都合が悪いなら別の日を申し込めばいいのだがそれはそれで面倒だ。

しばし考えを巡らせ、俺は未希の仕事用のスマホに電話をかける。仕事は休みだろうが、プライベートでなにか用事があるかもしれない。誰かと会っている可能性も。

『はい、紅の沢渡です』

「休みのところ悪いんだが、今、どこでなにをしている？」

単刀直入に切り出すと電話の向こうで未希が息を呑んだのがわかる。外にいたり誰かと会っていたりしたら諦めようと思ったが、彼女はおずおずと答える。

『自宅ですよ。マフィンを焼いているところだったんです』

「俺のために？」

返答に虚を衝かれながらも返した。もちろん冗談だ。案の定、未希はすぐに否定する。あまりにもはっきりとした返事につい苦笑してしまった。

「それは残念だ」

これは半分、本心だ。俺は彼女になにを期待しているのか。

すぐさま気を取り直して本題に入ると、彼女は昼過ぎにマンションに来てくれることになった。

仕事中、母から結婚を考えている相手に早く会わせろと催促の電話があり、なんとかかわしたものの時間の問題だ。

どうしたものかと頭を悩ませ、マンションに戻る。未希は待っているだろうか。

しかし玄関で目にしたのは見覚えのある靴だった。まさか、と思いつつ足早にリビングのドアを開けると、母と未希がダイニングテーブルで向き合って座っている。

これはどういう状況なんだ？

家事代行業者を雇っていたのが知られたかと思ったが、母は機嫌よく未希と話している。さらに母から衝撃的な言葉が飛び出した。

「それで、ふたりはいつ結婚する予定なのかしら？　入籍は？」

そこで悟る。どうやら母は未希を俺が結婚を考えている相手だと思ったらしい。業者だと話していないのかと思ったが、今日の未希は私服だった。

「まだ付き合いはじめたばかりなんだ。もう少しじっくり考えさせてくれよ」

訂正しようとする未希を制するように彼女の肩に手を置いて言い放つ。そのタイミングで母のスマホが鳴り、彼女は一度席を外す。

不信感を顔いっぱいに広げる未希に俺は手短に事情を説明した。そしてこの場だけでもかまわないから取り繕ってくれるように頼む。しかし彼女は難色を示した。

「なにより嘘はよくないです」

正しくはあるがあまりにも綺麗事を言う未希に、つい意地悪く返す。

「へぇ。なら君は嘘をついたことがないのか？」

しかし、そう切り返すと未希の表情は急に硬いものになる。

違う。そういう表情をさせたいわけでも、無理をさせたいわけでもない。

「悪い。勝手なことを言っているとは思っている。沢渡さんの事情も汲まずに。付き合っている相手にも申し訳ない」

この前、お洒落をして会おうとしていたのも、持ってきたというマフィンも恋人のためかもしれない。彼女なら俺と違って、きっと相手のために一生懸命になれるのだろう。

「そういう方はいませんが……」

しかし未希はあっさりと否定した。その答えをとっさにどういった感情で受け止めていいのかわからず、とりあえず今だけでも話を合わせてくれるように再度懇願する。

渋々といった感じで未希が了承してくれたので、母を見送るまでなんとかやりすごすことができた。それにしても、俺が結婚を考えている相手だからというのを差し引いても、初対面で母がこれほど誰かを気に入るのは珍しい。

未希とふたりになると、どっと疲れが押し寄せてくる。彼女に労われ、俺はやっとテーブルについた。そこで改めて未希に今日の経緯を説明する。

「周りにはいつも結婚を勧められるが、俺としては正直必要性を感じないんだ。家事もできるし、仕事中心の生活に満足しているから、あえて誰かと人生を共にする気になれない」

その中で結婚についての自分の本音も漏れた。俺にとって他人との関わりは常に気の張るもので、いつも身構えてしまう。よりよい人間関係を築くためには、ある程度相手にこちらの差し出せるメリットを提示する必要があると思っているし、また近づいてくる人間の多くは俺の肩書きや立場に引き寄せられ、先入観を持っていると考えるのが妥当だ。

うまく立ち回らないといけない。そうやって育てられてきたんだ。

けれど、未希の人柄なのか彼女との関係が理由なのか、未希にはなんとなく、ありのままを話せる。こうして自分の嫌な部分さえも。

「非難するか？」

自嘲するように尋ねる。彼女はどういう反応をするのか。理想と綺麗事を口にして俺を非難するのか、理解のあるふりをしてぎこちなく同情してくるのか。

「いいえ。そこまでして結婚しなければならないほど大変な立場にいらっしゃるんですね。相手の方が納得しているならどんな形でもいいのではないでしょうか？　結婚に対する価値観は千差万別ですから」

結果はどちらも違った。彼女は淡々と飾らずに自分の考えを述べる。そこには嘘も社交辞令もない。

「沢渡さん、結婚は？」

家事代行に来る日程について確認する未希に唐突に尋ねた。発言した俺自身も驚いた。なにか意図があったわけではないが、どうしても彼女に確かめたかった。

「どう、でしょう。私に結婚は向いていないので」

迷いなく律儀に返す未希に一瞬ドキリとする。

「もしかして、結婚した経験が？」

「それはありませんけれど、自分のことは自分が一番よくわかっていますから」

たしかに、俺も結婚した経験はないが自分は結婚に不向きだと思っている。しかし未希はなぜなのか。

「沢渡さんなら家事も得意だし、結婚したがる男性は多いと思うけどね」

フォローのつもりでなにげなく返すと、未希の表情が曇った。その表情に胸がざわつく。

「難しい、ですね。私は家事をするのも誰かのために尽くすのも、仕事だと割り切らないとできませんから」

彼女がなにかを取り繕っているのがよくわかる。なにか失言してしまったのか。自分のせいでまた彼女がきっちりと線引きしてきたことをもどかしく感じた。

なぜ？

立ち上がり、帰り支度を始めた未希に俺はゆっくりと近づく。

「俺と結婚してくれないか？」

大きな目をこれでもかというほど見開く未希に、先ほどの彼女の言葉を借りて再度告げる。

「仕事としてでかまわない。俺と結婚してほしいんだ」

彼女との会話は心地よく、プライベートの生活空間にいても嫌悪感がまったくない。

彼女をもっと知りたい、近づきたいんだ。

＊＊＊

篠田の言葉で、いろいろと思い出していた俺はふと時計を確認する。

「報告はわかった。俺はそろそろ帰るから、お前も指摘した補足分の作成は明日に回して、さっさと上がれ」

立ち上がり声をかけると、机を挟んで立っていた篠田はなぜか呆然としている。

「どうした？」

まだなにか報告があるのだろうか。

尋ねると篠田は曖昧な笑みを浮かべ、軽くため息をついた。

「少し前のお前なら考えられないな。いつも俺が、無理せずさっさと上がれって言っていた側だったのに」

おかしそうに話す篠田の表情はどこか嬉しげだ。

「可愛い妻が待っているからな」

「結婚は人を変えるって本当だったんだな」

さらりと告げた俺に篠田はしみじみと呟いた。

正確には、俺を変えたのは未希だ。

けれどそれをわざわざ口には出さず、社長室から出て駐車場へ向かう。

未希に結婚を持ちかけたとき、あえて金を支払うと申し出たのは、彼女の言葉が大きかった。

『私は家事をするのも誰かのために尽くすのも、仕事だと割り切らないとできませんから』

未希にとって、俺との結婚に純粋なメリットを感じないのはわかっていた。正直、結婚相手としてぜひ自分を、と手を挙げる女性は他に何人もいる。

けれど、相手の意に添う形で条件を提示してまで、自分から結婚したいと思ったのは未希が初めてだった。

彼女に結婚を承諾してもらうために、できることならなんでもする。結果、雇用関係が前提にある結婚が成立した。契約結婚は俺にとっても理想で、ありがたい。

そう言い聞かせる一方で、未希との関係に満足も安心もできなかった。むしろ、こんな方法でしか彼女をつなぎ止めることしかできない自分が、もどかしくて情けない。

なぜなのか。どうして今までみたいに割り切れないのか。

その答えは未希と過ごすうちにわかった。相手をつなぎ止めるためではなく、純粋に相手のためになにかしたいと思う気持ちが、自然と湧いていったからだ。

小松社長に会いに行く前の食事で、彼女の好きそうな店をわざわざ選んだのも、なにか見返りを求めたわけじゃない。ただ、未希に喜んでほしかった。彼女が笑ってくれるとこちらも嬉しくなる。その積み重ねだった。つらい思いをしているなら寄り添いたい。ひとりで全部乗り越えようとする彼女に頼ってほしいと思うのは、同情でも打算でもない。すべては未希を愛しているからだと気づいたのだ。

車に乗り込み、助手席に紙袋をふたつ置く。次に、未希に今から帰る旨を、改めて連絡する。すっかりルーティンのひとつとなり、少し前の自分なら考えられない。込み上げるおかしさに笑みをこぼし、エンジンをかけた。車内に自動で送られてくる風は、もう冷たくはない。

今年は九月まで夏日が続き、やっと涼しくなったが、この寒暖差に体調を崩さないか心配になる。もちろん俺自身のことではなく、未希のことだ。

「隼人さん、おかえりなさい」

マンションに戻ると、未希がゆっくりとした足取りで玄関にやってきた。膝下まであるゆったりとしたシンプルなワンピースは彼女のここ最近のお気に入りの部屋着だ。

「ただいま。これを未希に」

持っていた紙袋のうち、まずひとつを未希に差し出す。紙袋には『幸洋堂』と社名が印字されていた。

「大澤社長からだよ」

そう言うと、未希は目を丸くして中身を確認した。未希が大澤社長に好きだと告げた、ウィンコット社と提携して商品化している海外向けの和風玩具の新シリーズが中には入っている。

「わっ。これ、この冬に発売される予定のものじゃないですか！」

驚きと興奮が混じった声を発した未希は、どうやら中身を見て、すぐに把握したらしい。プレスリリースがあったとはいえ、他社の商品の動向まで頭に入れているのは、彼女らしい。

「いんでしょうか。こんな素敵なものをいただいて」

冷静になったのか、そわそわと落ち着かない様子の未希の頭をそっと撫でた。

「ぜひ未希にって伝言を預かっている」

パーティーで会ったときの印象がよほどよかったのか、大澤社長はすっかり未希を気に入り、こうして自社の商品を定期的に贈ってくる。

「嬉しいです。お礼のお手紙書きますね」

目を細め、袋の中身を嬉しそうに見つめる未希にこちらも自然と笑顔になる。

「こんなによくしていただいて……。隼人さんの妻だからですね」

「きっとそれは関係ないさ」

すぐさま否定すると、未希は目を瞬かせる。そんな彼女に、続けてもうひとつの紙袋を差し出した。

「これは俺から」

「隼人さんから？」

袋にはシャッツィのロゴが入っている。未希は受け取ったあと、紙袋と俺の顔を交互に見た。

「これは？」

その問いには答えず、不思議そうな面持ちの彼女に微笑む。

「開けてみていいですか？」

「どうぞ」

戸惑いながら尋ねられすぐに返すと、未希は慎重に紙袋の中身を確認していく。

「これ……」

袋の中から彼女が取り出したのは、布製の乳幼児向けの人形とノンカフェインの紅茶のセットだ。子どもだけではなく妊婦や産後の母親にも一緒に喜んでもらえるようにと新しく商品化したギフトセットだ。

まじまじセットを見つめる未希にそっと囁く。

「未希とお腹の子に」

顔を上げ、視線が交わった未希は、なんだか泣きそうな顔をしながらも笑った。

「ありがとう、ございます」

未希の妊娠がわかったのは、一ヶ月ほど前だ。それからつわりというものが始まり、嘔吐を繰り返したりはしないが、朝晩はどうも体調がすぐれずにいる未希を目の当たりにしている。

「今日は、体調は大丈夫なのか？」

「はい。隼人さんが帰って来る前に少し横になっていたので」

未希から荷物を受け取り一度床に置く。困惑気味に微笑む未希の顔色は、お世辞にもあまりいいとは言えない。

「無理して出迎えたり、家事をしたりする必要はないんだぞ」

「わかっています。でも私が隼人さんを出迎えて、おかえりなさいって言いたいんです」

その言葉に俺は未希をそっと抱き寄せた。

「どうしました？」

「未希があまりにも可愛いから」

素直な想いを告げたのだが、未希は顔を上げずに腕の中で固まっている。よく見ると心なしか彼女の耳が赤い。唇を寄せると、未希は肩をびくりと震わせた。

「気持ちが嬉しいが、無理はするなよ」

「わ、わかっています」

そのまま耳元で囁くと、今度は勢いよく返事がある。よく見ると彼女の頬も赤くなっていた。

しかし珍しく今度は未希から俺に抱きついてくる。

「隼人さん。プレゼントありがとうございます。私も、この子もすごく幸せです」

「それは俺の方なんだ。俺の幸せは未希が全部運んでくれた」

自社の商品をこんな気持ちで渡せるのは、すべて目の前にいる未希のおかげだ。

シャッツィは父親から継いだものだという卑屈さがどこかでずっと抜けなかった。どんなにシャッツィの商品を好きだと言われても、心の中ではその称賛は自分の成果に対するものではないと思ってしまい、遊園地の期間限定エリアでシャッツィの企画が大盛況なのを目の当たりにしたときも同じ感想を抱いてしまった。

けれどそんな中、未希は真っすぐにシャッツィの商品を、俺自身を評価してくれた。

『他社の商品と比べてシャッツィのものが一番いいと思ったから贈ったんです。シャッツィのおもちゃはどんな人にも自信をもって勧められますし、贈りたくなりますから』

『シャッツィの名に恥じない商品を、時代に合わせて作り、進化させ続けるのってすごく大変なのに、隼人さんはそれをやり遂げていますから』

慰めようとしたわけでも哀れんだわけでもない。ブランドの力を認めたうえで、彼女は現社長として俺のしていることをしっかり見ていてくれたんだ。

飾らない彼女の言葉が、すとんと胸に落ちてきた。長年、俺の心をずっと覆っていた靄を、未希が晴らしてくれたんだ。

あのとき心から思った。他の誰でもない。未希がいいんだ。

それまでは、ひとりで全部乗り越えようとする未希に頼ってほしくて、つらい思いをしてきた彼女に寄り添いたい気持ちが強かった。未希に必要としてもらいたかった。

けれど本当は、俺こそ彼女が必要だったんだ。弱さを吐き出せて、素の自分でいられるのは未希しかいない。最初から彼女じゃないとだめだったのに、はっきり自覚するのに少し時間がかかってしまった。でも、その遠回りも含めて今の幸せがあるのだと思う。

いつだって、誰かのためにかける未希の言葉には嘘がない。

未希のことが知りたくて、どんな彼女も受け止めたい。最初にこちらから契約結婚を持ちかけたが、きっちりと引かれた一線を越えたくなったのは間違いなく俺が先だった。

「ありがとう、奥さん」

未希はたったひとりの俺の妻なんだ。

すると未希はおずおずと俺の背中に手を回してきた。

「隼人さんは、その……子ども、楽しみですか？」

「そうだな。未希みたいな子どもならきっと可愛い」

妊娠が発覚してから、未希はこの質問を幾度となくしてくる。彼女の家庭環境を考えたら無理もない。そのたびに俺は、違う言い回しですぐに肯定する。

「こんなことを言ったら怒られるかもしれませんけれど……私、ちゃんと母親ができるでしょうか？」

「怒らないさ。そうやって未希の気持ちを正直に話してくれて嬉しいよ。……そうだな、きっとできるとかできないとかいう問題じゃなくて、この子が俺たちを親にしてくれるんじゃないか？」

不安げな問いかけに、未希の頭を撫でながら答えた。彼女はゆっくりと顔を上げ、そんな未希に言い聞かせるように続ける。

「初めてだから失敗もあるかもしれないし、悩むこともあるだろうな。でも未希とふたりで親になって、この子と一緒に家族になっていきたいと思っている。そんな未来を、俺はすごく楽しみにしているよ」

以前は、子どもを欲しいと思ったことはないし、それどころか結婚さえ望んでいなかった。

けれど、その考えは変わったんだ。

目を丸くしている未希の頬にそっと触れ、微笑む。

「それに、俺たちふたりだけじゃなくて、うちの両親も小松社長も全力でサポートするつもりでいるぞ。徳永のところも会いに来るんじゃないか？」

茶目っ気混じりに告げると、未希が小さく噴き出した。

「そうですね。すごい。この子、たくさんの人に愛されているんですね」

「それは未希が愛されているからだよ」

嬉しそうな未希に付け足すと、彼女は目を見張った。

「でも、誰よりも愛しているのは俺なんだ。未希を愛している。こんな感情を俺に教えてくれたのは、未希だ。未希もお腹の子も絶対に守っていく。幸せにするって誓うから」

未希に出会うまで俺は、すべてを冷めた目で見ていて誰にも踏み込ませず、踏み込む気もなかった。そんな俺が初めて誰よりも近くに行きたいと思えたんだ。

彼女の瞳の中にある寂しさを見たときから、ずっと気になっていた。でも今、未希の瞳はキラキラと輝き、希望に満ちている。

未希は一瞬、泣きそうな顔をしたが、すぐにとびっきりの笑顔を向けてきた。

「もう十分、隼人さんには幸せにしてもらっています。そうですね、今度は私たちふたりでこの子を幸せにしましょう」

ずっと見たかった彼女の幸せそうな表情に、心が満たされる。

これからも、子どもが生まれても、未希には俺の隣で幸せに笑っていてほしい。誰かの幸せが自分の幸せになるのだと未希が教えてくれた。

軽く額を重ねて至近距離で彼女を見つめる。何度か瞬きしたあと、ぎこちなく目を閉じた未希の唇に、俺はそっと自分の唇を重ねた。

未希は心配していたが、絶対に彼女は素敵な母親になると思う。いつだって未希は周りを幸せにする。俺が一番身をもって感じているんだ。

唇を離し、未希を見つめながら彼女の柔らかい頬を撫でる。くすぐったそうに目を細める未希の額に、さりげなく唇を寄せた。

「あの、そろそろお夕飯の準備を……」

すると抱きしめたままでいる俺に、未希がぎこちなく切り出した。こうやって照れる彼女の表情も可愛らしくてたまらない。

「もう少しだけ」

そう言って再び未希に口づけた。彼女とのキスは甘く、いつも溺れそうになる。

子どもが生まれたら、きっと今以上に幸せで慌ただしい日々になるだろう。楽しみに思いながらも、こうして未希とふたりで過ごす時間を大切にしたいとも思う。今だけでも彼女を独占していたい。

未希に告げたようにあと少しだと自分に言い聞かせつつ彼女とのキスを堪能する。この幸せがずっと続くようにと願いながら。

Fin.

あとがき

はじめましての方も、お久しぶりですの方もこんにちは。

このたびは『敏腕社長は雇われ妻を愛しすぎている～契約結婚なのに心ごと奪われました～』をお手に取ってくださり、またここまで読んでくださって本当にありがとうございます。

今作は、キャラクターが先にあっての物語で、大まかなストーリーを決めたプロットの段階から未希や隼人の抱えている事情や性格などはほぼ変更なくここまできました。しかしそこからふたりがどのように距離を縮めて、寄り添っていくかなどの細かいエピソードや設定は、実は大苦戦しました（笑）。

未希と隼人を幸せにしたい気持ちだけはあるのですが、なかなかしっくりこず。試行錯誤を繰り返す中、担当さんの多大なアドバイスのおかげで改稿を重ね、こうして出来上がり、私としても大好きな物語となりました。

感情移入しすぎて、幼い頃の未希に対する母親の仕打ちなどは書いていて涙が……。つらい思いをたくさんしてきた未希と隼人が出会い、お互いを必要として幸せになるまでを書けて、作者としてもすごく嬉しいです。

あとは、読者さまがこの物語を少しでも楽しんでいただけるのを願うばかりです。


最後になりましたが、書籍化の機会を与えてくださったスターツ出版さま。物語のきっかけとなるプロットから繰り返しアドバイスをくださり、物語がよりよくなるように励まし寄り添いながら編集作業を進めてくださった担当編集さま。

イメージぴったりの未希と隼人をとっても素敵に描いてくださったイラストレーターの夜咲こん先生。ラフをいただいたときから何度も眺めております。

他にも校正さま、デザイナーさま、営業さま、印刷会社さま、書店さま。

この本の出版に関わってくださったすべての方々にお礼を申し上げます。

なにより今、このあとがきまで読んでくださっているあなたさま。心から感謝いたします。今作は改めてたくさんの方々のご尽力を感じました。こうして読者さまに物語を届けられること、感謝の気持ちでいっぱいです。ありがとうございます。

それではいつかまた、どこかでお会いできることを願って。

黒乃《くろの》 梓《あずさ》

黒乃 梓先生への
ファンレターのあて先

〒104-0031
東京都中央区京橋 1-3-1
八重洲口大栄ビル7F
スターツ出版株式会社　書籍編集部　気付

黒乃 梓先生

本書へのご意見をお聞かせください

お買い上げいただき、ありがとうございます。
今後の編集の参考にさせていただきますので、
アンケートにお答えいただければ幸いです。

下記 URL または QR コードから
アンケートページへお入りください。
https://www.berrys-cafe.jp/static/etc/bb

敏腕社長は雇われ妻を愛しすぎている
～契約結婚なのに心ごと奪われました～

2023年12月10日　初版第1刷発行

著　　者　黒乃 梓
©Azusa Kurono 2023

発 行 人　菊地修一

デザイン　hive & co.,ltd.

校　　正　株式会社鷗来堂

発 行 所　スターツ出版株式会社
〒104-0031
東京都中央区京橋1-3-1　八重洲口大栄ビル7F
TEL　出版マーケティンググループ　03-6202-0386
(ご注文等に関するお問い合わせ)
URL　https://starts-pub.jp/

印 刷 所　大日本印刷株式会社

Printed in Japan

ISBN 978-4-8137-1513-9　C0193

ベリーズ文庫 2023年12月発売

『高貴なCEOは純朴令嬢を生涯愛し囲う～俺の妻は君しかいない～【極上スパダリの執着溺愛シリーズ】』 若菜《わかな》モモ・著

ウブな令嬢の蘭は祖母同士の口約束で御曹司・清志郎と許嫁関係。憧れの彼との結婚生活にドキドキしながらも、愛なき結婚に寂しさは募るばかり。そんなある日、突然クールで不愛想だったはずの彼の激愛が溢れだし…⁉　「君を絶対に手放さない」──彼の優しくも熱を孕む視線に蘭は甘く蕩けていき…。

ISBN 978-4-8137-1509-2／定価726円（本体660円＋税10%）

『ドSな御曹司は今夜も新妻だけを愛したい～子づくりは溺愛のあとで～』 葉月《はづき》りゅう・著

料理店で働く依都は、困っているところを大企業の社長・史悠に助けられる。仕事に厳しいことから"鬼"と呼ばれる冷酷な彼だったが、依都には甘い独占欲剥き出しで⁉　容赦ない愛を刻まれ、やがてふたりは結婚。とある理由から子づくりを躊躇う依都だけど、史悠の溺愛猛攻で徐々に溶かされていき…⁉

ISBN 978-4-8137-1510-8／定価726円（本体660円＋税10%）

『冷徹ホテル王の最上愛～天涯孤独だったのに一途な恋情で娶られました～』 皐月《さつき》なおみ・著

母を亡くし無気力な生活を送る日奈子。幼なじみで九条グループの御曹司・宗一郎に淡い恋心を抱いていたが、母の遺書に「宗一郎を好きになってはいけない」とあり、彼への気持ちを封印しようと決意。そんな中、突然彼からプロポーズされて…⁉　彼の過保護な溺愛で次第に日奈子は身も心も溶けていき…。

ISBN 978-4-8137-1511-5／定価715円（本体650円＋税10%）

『お別れした凄腕救急医に見つかって最愛ママになりました』 未華空央《みはなそらお》・著

看護師の芽衣は仕事の悩みを聞いてもらったことで、エリート救急医・元宮と急接近。独占欲を露わにした彼に惹かれ甘い夜を過ごした後、元宮が結婚し渡米する噂を聞いてしまう。身を引いて娘をひとり産み育てていた頃、彼が目の前に現れて…！　「もう、抑えきれない」ママになっても溺愛されっぱなしで…⁉

ISBN 978-4-8137-1512-2／定価726円（本体660円＋税10%）

『敏腕社長は雇われ妻を愛しすぎている～契約結婚なのに心ごと奪われました～』 黒乃梓《くろのあずさ》・著

大手企業で契約社員として働く傍ら、伯母の家事代行会社を手伝っている未希。ある日、家事代行の客先へ向かうと、勤め先の社長・隼人の家で…⁉　副業がバレた上、契約結婚を持ちかけられる。「君の仕事は俺に甘やかされることだろ?」──仕事の延長の"妻業"のはずが、甘い溺愛に未希の心は溶かされていき…。

ISBN 978-4-8137-1513-9／定価737円（本体670円＋税10%）

ベリーズ文庫 2023年12月発売

『初めましてこんにちは、離婚してください　新装版』あさぎ千《ち》夜《よ》春《はる》・著

家のために若くして政略結婚させられた莉央。相手は、容姿端麗だけど冷徹なIT界の帝王・高嶺。互いに顔も知らないまま十年が経ち、莉央はついに"夫"に離婚を突きつける。けれど高嶺は離婚を拒否し、まさかの溺愛モード全開に豹変して…!?　大ヒット作を装い新たに刊行！　特別書き下ろし番外編付き！

ISBN 978-4-8137-1514-6／定価499円（本体454円＋税10%）

『働きすぎのお人よし聖女ですが、無口な辺境伯に嫁いだらまさかの溺愛が待っていました』坂野《さかの》真夢《まむ》・著

神の声を聞ける聖女・ブランシュはお人よしで苦労性。ある時、神から"結婚せよ"とのお告げがあり、訳ありの辺境伯・オレールの元へ嫁ぐことに！　彼は冷めた態度だが、ブランシュは領民の役に立とうと日々奮闘。するとオレールの不器用な愛が漏れ出してきて…。聖女が俗世で幸せになっていいんですか…!?

ISBN 978-4-8137-1515-3／定価748円（本体680円＋税10%）

ベリーズ文庫 2024年1月発売予定

Now Printing

『俺の奥さんはちょっと変わっている』 滝井《たきい》みらん・著

平凡OLの美雪は幼い頃に大企業の御曹司・蒼の婚約者となる。ひと目惚れした彼に近づけるよう花嫁修業を頑張ってきたが、蒼から提示されたのは1年間の契約結婚で…。決して愛されないはずだったのに、徐々に独占欲を垣間見せる蒼。「君は俺もの」――クールな彼の溺愛は溢れ出したら止まらない…!?

ISBN 978-4-8137-1524-5／予価660円（本体600円＋税10%）

Now Printing

『職業男子アンソロジー（航空自衛官・公安警察）』 惣領《そうりょう》莉沙《りさ》、高田《たかだ》ちさき・著

人気作家がお届けする、極上の職業男子たちに愛し守られる溺甘アンソロジー！　第1弾は「惣領莉沙×エリート航空自衛官からの極甘求婚」、「高田ちさき×敏腕捜査官との秘密の恋愛」の2作品を収録。個性豊かな職業男子たちが繰り広げる、溺愛たっぷりの甘々ストーリーは必見！

ISBN 978-4-8137-1525-2／予価660円（本体600円＋税10%）

Now Printing

『じゃじゃ馬は馴らさずひたすら愛でるもの』 砂川雨路《すながわあめみち》・著

華道家の娘である葵は父親の体裁のためしぶしぶお見合いにいくと、そこに現れたのは妹と結婚するはずの御曹司・成輔だった。昔から苦手意識のある彼と縁談に難色を示すが、とある理由で半年後の破談前提で交際することに。しかし「昔から君が好きだった」と独占欲を露わにした彼の溺愛猛攻が始まって…!?

ISBN 978-4-8137-1526-9／予価660円（本体600円＋税10%）

Now Printing

『完璧御曹司はかりそめの婚約者を溺愛する』 冬野《とうの》まゆ・著

社長令嬢の詩織は父の会社を救うため、御曹司の貴也と政略結婚目的でお見合いをこじつける。事情を知った貴也は偽装婚約を了承。やがて詩織は貴也に恋心を抱くが彼は子ども扱いするばかり。しかしひょんなことから同棲開始して詩織はドキドキしっぱなし！　そんなある日、寝ぼけた貴也に突然キスされて…。

ISBN 978-4-8137-1527-6／予価660円（本体600円＋税10%）

Now Printing

『チクタク時計ワニと雪解けの魔法』 ねじまきねずみ・著

OLの茉白が大手取引先との商談に行くと、現れたのはなんと御曹司である遙斗だった。初めは冷徹な態度を取られるも、懸命に仕事に励むうちに彼が甘い独占欲を露わにしてきて…!?　戸惑う茉白だったが、一度火のついた遙斗の愛は止まらない。「俺はあきらめる気はない」彼のまっすぐな想いに茉白は抗えず…！

ISBN 978-4-8137-1528-3／予価660円（本体600円＋税10%）

タイトル、価格等は変更になることがございますのでご了承ください。